トリプルルーム

Kaori Shu

秀香穂里

CHARADE BUNKO

Illustration

兼守美行

CONTENTS

配偶者がいなくなった部屋はがらんとしていて、まるで水を抜いたプールみたいだ。

「なんだかなぁ……小説みたいなこと言ってる場合じゃないだろうに」

殺風景な部屋を見回し、向井修次《むかいしゆうじ》はくわえ煙草《たばこ》に火をつけながら苦笑いした。今年、三十五になる向井のもとから妻が去ったのは一週間前。交際期間も含めて五年のつき合いがこれからもゆるく続くものだと思っていたが、『いつまでもこんな不安定な生活していられないから』と彼女は離婚届を突きつけてきた。

ふたりが最初に顔を合わせた頃、向井の本業は役者だった。地道に研鑽《けんさん》を積んでいた向井に若い頃の彼女も惚《ほ》れてくれたのだろう。けれど、結婚してもなかなか売れず、いつも端役、脇役《わきやく》で終わってしまい、次の役を摑《つか》むのも一苦労という向井との生活に疲れたようだ。所属劇団の稽古《けいこ》や後片付けで遅くなる日々の中、いつの間にか彼女はべつの男性と知り合い、『私たち、すれ違ってるみたいだから』と最後はまるっきり醒《さ》めた顔をしていた。

『向井くんって役者なんだ。格好いい。どんな役でも素敵にこなしてね』と出会った頃は目を輝かせて語る彼女だったのに、だんだんうつむいて向井をなじる時間が増え、不機嫌な顔を隠さないことも多かった。古い言い方かもしれないけれど、男としてかい性がないのだと自分を責める向井は言い返すことをせず、黙って離婚届を受け取った。彼女が働いて買った家財道具は一切合切運び出され、２ＤＫの古いマンションはテレビとベッドぐらいだ。

「そろそろ暑くなるし、冷蔵庫ぐらい買わないとまずいよな」

開け放した窓から五月の綺麗《きれい》な青空が見える。少し寂しいけれど、なんだか身が軽い。

素直な気持ちを知ったら、彼女は怒るだろうか。


ひとつ息を吐いて向井は立ち上がり、少し汗ばんだ肌をさっぱりさせるためにシャワーを浴びた。きちんと畳んだＴシャツに着替えたらテレビをつけ、シェーバーをあてながらあちこちの番組を眺める。暇潰《ひまつぶ》しではなく、仕事のためだ。

——といっても、いまはもう出るほうじゃないけどな。

昼飯をどうしようか悩んでいるところへ、仕事机兼食卓として使っている丸テーブルに載せた携帯電話が鳴り出した。

「宮乃《みやの》か」

親友からの着信に、思わず顔がほころぶ。同い年の宮乃亘《わたる》は長年のつき合いがある実力派の人気俳優だ。いま向井が見ているテレビＣＭでも、爽《さわ》やかな笑顔で車を乗り回している。ドラマでも主演を張ることが多く、映画にもよく出ている。同じ劇団で同じ釜《かま》の飯を食ってきた宮乃は、どんなに人気が出ても昔とまったく態度が変わらない、ほんとうにいい男だ。

「おう、どうした宮乃」

『起きてたか。おまえのことだからまだベッドの中でもぞもぞやってるかと思った』

「馬鹿にすんなよ、こら。今日だって朝早くに起きて洗濯してたっつうの」

『すごいな。案外まめじゃないか』

「いや、あいつが家を出ていくとき、洗濯機は残していったからさ。それぐらいしかやることがないってのが本音かな」

『ホント、おまえは強いな』

「俺の取り柄はそれだけだろ」

卑屈な感情を微塵《みじん》も感じさせずにさらりと返すと、宮乃が気の毒そうに笑う。

根が明るく、前向きな性格でなかったら、役者なんていう不安定すぎる職には就いていない。どんな苦境に立っても『なんとかなるだろ』と自分に言い聞かせ、きわどい場面も無事に切り抜けてきた。

五年もともに過ごした相手に去られてしまった現実は確かにつらい。だが、もうずいぶん前から別れる予兆はあったのだ。

――このまま俺と一緒にいても、彼女は幸せにはなれない。だったら、離れたほうがいい。

苦しそうな顔をしている彼女に、『やり直せないか』とそれとなく言ったこともあったが、互いに醜い言い争いをするのが嫌で、泥沼化することは避けたんだ。

『昨日、イタリアから帰ってきたばかりなんだ。向井にも土産《みやげ》を買ってきた。ワインとかチーズとかいろいろ。今夜会わないか？』

穏やかな宮乃の誘いが嬉《うれ》しい。

「いいのか？　俺のほうは全然余裕だけど、宮乃、仕事は？」

『大丈夫だ。今日は夕方にテレビ局でのインタビューが一件入っているだけだから。夜会う前に、そっちに行って洗濯物や部屋の片付けを手伝おうか？』

「おいおい、天下の人気俳優、ミヤ様が俺のパンツを干しているなんてマスコミが知ったら大騒ぎになるぞ。いいって、大丈夫だ」

宮乃は昔から親切だが、離婚が決まったと話したあたりから前よりちょくちょく電話をかけてくれるようになった。きっと、案じてくれているのだろうと思うと、恥ずかしいような嬉しいような複雑な気分だ。

『わかった。でもひとりで困ることがあったら遠慮なく電話しろよ。いつでも行くから。今夜なにを食べるかは会ってから決めよう。待ち合わせは……そうだな、七時頃、六本木《ろっぽんぎ》の交差点ふたつ先にあるバーで』

「了解。いろいろありがとな。とりあえず今夜」

電話を切り、スリープモードに入っていたノートパソコンを起動させて、ディスプレイを見つめる。いましがた電話をかけてきてくれた宮乃のような心根の優しい人物というのは、誰にとっても憧《あこが》れだろうし、そばにいてほしい存在だろう。

「頼りがいがある男前の親友かぁ……。こういう奴が一生を狂わされるような恋に落ちたらどうなるんだろうな」

宮乃に限らず、さまざまなひとの笑顔や真剣な顔を思い出しながら、あれこれ物語を膨らませていくのが、いまの向井の仕事だ。

役者としてはとうとう咲かずじまいだったが、ひとの感情に触れるのは好きだったし、話にまとめるのもうまかった。正式な仕事がもらえないときは、自分で脚本を書き、劇団仲間と一緒に稽古に励んだこともある。

その頃の経験を認めてくれた先輩脚本家の誘いもあって、昼ドラのスタッフとして話作りに関《かか》わったところ、『結構いいものを書くじゃないか』と評判になり、いまでは、脚本家として第二の人生を歩み始めている。

去年書いたドラマがわりと好評だったので、今年もいくつかオファーを受けた。

テレビドラマにラジオ番組の構成、舞台脚本に映画の脚本。テレビで言えばゴールデンタイムに放映されるような派手な依頼はなく、比較的、地味な分野の注文が多かったが、それでも自分の書いた話がこんなふうに生きるのだと知って嬉しかった。

家を出ていった彼女は、『安定しない役者業とどう違うの？』と呟《つぶや》いていたけれど。

「……ま、思い出してもしょうがねえ。宮乃に会う前に量販店で冷蔵庫でも買うか」

向井は口笛を吹きながら、Tシャツについた髭《ひげ》くずをぱっぱっとベランダに向けて払った。


量販店で独り暮らし用の冷蔵庫を買い、配送は三日後になると言われて了承し、その足で六本木に向かった。

長年の親友に会うと言っても、相手はトップクラスの俳優だ。一緒にいて彼が恥ずかしく思わないよう、清潔な印象のブルーのシャツとチノパンを着てきた。

長袖《ながそで》を軽くまくったラフな姿の向井にショットバーの客はいっせいに振り返るが、すぐに興味を失う。長いこと役者だっただけに姿勢のよさは人目につくらしい。

——でも、記憶に残る顔じゃないんだよな。

こうした態度に慣れている向井はちらっと笑ってカウンターにつき、コロナビールを頼んだ。入り口から奥に向かって扇形に広がるバーは、ほどよい喧噪《けんそう》に包まれている。

六本木の大通りに面している店だけあって、金曜の今夜、向井のようにここで一杯飲んでからどこかへ繰り出そうとしている者が多いようだ。ダウンライトが広々としたフロアを柔らかに照らし、大勢のひとが出たり入ったりしていた。誰でも気兼ねなく立ち寄れる店として、居心地《いごこち》がいい。

瓶のまま出てきたビールに櫛形《くしがた》に切ったライムを押し込み、爽やかな味わいを楽しんでいるところへ、「──あの」と覚えのない声がかかった。

振り向くと、白のシャツにグレンチェックの細身のパンツを粋《いき》に着こなす若い男が立っていた。帽子とサングラスをつけているが、高い鼻梁《びりょう》や貴族的なものを思わせる頬骨《ほおぼね》、やけにふっくらとエロティックなくちびるが目を惹《ひ》く。

「隣の席、いいですか？」

「あ、ああ、どうぞ、空いてるし」

男の放つ華やかなオーラに、つかの間圧倒された。芸能人を見慣れている向井でも、ついまじまじと見入ってしまうほどの美形だが、本人は身元を隠すためにあらゆる努力を払っているのだろう。その努力は確かにある程度成功していて、気づくひとだけ、「おや」という顔で彼の横顔を盗み見るが、男は答えない。

「僕にも、彼と同じものを」

少しだけ掠《かす》れた声がたまらなくセクシーだ。ミュージシャンだろうか。バランスの取れた肢体はモデルだろうか。

「脚本家の向井修次さん、ですよね」

「ええ、そうだけど。あなたは？」

向井が首を傾《かし》げると、男は可笑《おか》しそうにサングラスをするっとずらす。切れ長の目元がどきりとするほど艶《なま》めかしい。

「え、っと……」

どこかで絶対に見たことがある。理知的な相貌《そうぼう》だが、右目の泣きぼくろが男に華やかな色気を与えていた。

「伊織柳《いおりりゆう》といいます。俳優をやっています」

「あ――アイスのコマーシャルの！　あれに出てるひとですか？　えらく色っぽい表情でアイスを食べるやつの」

思わず目を見開いた。

伊織柳といえば、いま人気絶頂期にある若手俳優のひとりだ。

モデル上がりの二十五歳。演技力も抜群で、半月ほど前からオンエアされているコマーシャルは、ベッドに腰掛けている男がゆっくりアイスクリームを口に運ぶというシンプルな内容なのだが、ひとつひとつの仕草や舌なめずりするところがやけに目を惹《ひ》くなと思っていた。

「ご存じでしたか？　嬉しいです」

軽く頭を下げる伊織が、ちょうど目の前に置かれたコロナビールを傾けてきた。

「僕、あなたのファンなんですよ。向井さん。お会いできて光栄です」

「え、俺の？　なんでまたあんたみたいな若いひとが」

正直すぎる言葉に、伊織が可笑しそうに肩を揺らす。

「去年の暮れに放映された単発ドラマ、すごく好きなんです」

「ホントに?」

お世辞かなと思う。礼を示す意味合いでコロナビールを少し掲げると、伊織も微笑《ほほえ》む。

「ええ、ほんとうに。家庭内のちょっとしたいざこざが泥沼化して、近所や職場にまで影響を与えるっていうあたりが、リアルですごく怖いのに、思わず笑ってしまうような描写もあったでしょう。なんか、あの絶妙なバランスがすごく好きで、録画したのをもう何度も見返しています。ああいう話、もっと見てみたいし、できることなら僕自身が出てみたくて」

熱っぽい口調に、口先ではなく、本心からの言葉なのだとわかり、向井は居住まいを正して微笑んだ。

「どうもありがとう。すごく嬉しいよ」

「すみません、図々しいって思いました?」

「とんでもない。じかに感想を聞けるなんてめったにない機会だからめちゃくちゃテンション上がるよ」

「あの作品、続編があったらいいのに。オーディションがあったら真っ先に申し込みます」

「きみほどの売れっ子が、あんなどろどろしたドラマに出たらファンが嘆くだろう。俺が書くのはどれも地味で泥臭いんだ」

「そこがいいんですよ。嘘《うそ》っぽくなくて、リアリティに溢《あふ》れてる。あなたの書くキャラクターを演じるのには相当の経験値がないと難しいだろうけれど、やりがいがありそうです。新しい脚本は書いてないんですか？」

「ちょうど模索中」

「だったら」

綺麗な形のくちびるを吊《つ》り上げ、伊織がのぞき込んでくる。ダウンライトがまっすぐ射し込んだ瞳《ひとみ》は同性の向井でも見とれるほど、綺麗な深みのある琥珀色《こはくいろ》だ。

「僕を使ってくれませんか？　どんな端役でもいい。向井さんの書く物語の中で生きてみたい。あなたから生まれる台詞《せりふ》を実際に口にしてみたいんです」

「……どんなふうに」

「ここで、オーディションしてもらえますか？」

熱っぽい声にはつい引き込まれそうだ。なんと答えていいのかわからず、ビールに口をつけるのも忘れて彼を見つめると、伊織がふっと蠱惑的《こわくてき》な微笑みを浮かべる。

真剣に、だけどひと匙《さじ》ぶんのいたずらっぽさを載せて笑み崩れさせた瞳の伊織が顔を近づけてきたとき、ちょっとした内緒話をするのだと思っていた。

出会ったばかりの仲だけれど、好意を持たれていることは感じている。囁《ささや》き声でなにか話し合いたいのだろうと思い、向井も釣られて身体《からだ》を近づけると、ぐっと肩を引き寄せられて

頤《おとがい》を摑まれた。

熱く、官能的なくちびるが笑いながら重なってくる。

最初は試すように、軽く。二度目はしっかりと、深く。

驚く向井と視線を交わしながら、伊織は初めての感触を味わうように何度もちいさな音を立ててくちびるを食《は》んできた。

目を丸くするだけの向井を挑発的に射貫き、吸うときだけ長い睫毛《まつげ》で縁取られた瞼《まぶた》をわずかに伏せる。そうすることで向井も視線を落とし、熱く弾力のあるものでくちびるを塞《ふさ》がれていることを知り、無意識に身じろぎした。そのとたん、ちゅっとひそやかな音を立てて吸われる。親指で頬を擦《こす》られるのが妙に心地好《よ》かった。

こんなに淫《みだ》らで鮮やかなキスは一度もしたことがない。

情熱的な呼気がくちびるの表面をいたぶるだけではない。しばし遠ざかっていた他人の温《ぬく》もりを向井に思い出させ、酔いも手伝ってかすかにくちびるを開いてしまう。

ぞくぞくするような感触が舌先を嬲《なぶ》り、あともう少しで理性を手放してしまいそうだった。

たぶん、くちびるを重ねていた時間はほんの一瞬だったのだろうが、向井には衝撃的すぎて永遠に思えた。

「……っ……なに、を……！　なにをするんだ」

軽く下くちびるを咬《か》まれたことに呻《うめ》き、伊織の胸を突き飛ばした。

「僕という人間がどんなものか、知ってもらえたらと思って」

悪びれない様子に呆気《あっけ》に取られ、怒ることも忘れてしまう。

「だからって、……いきなりすぎるだろう！」

男同士のキスシーンを他人に見られていないかと慌てて周囲を見回したが、店にいる客は誰も彼も自分たちの話に夢中で、こっちを気にしている者はひとりもいない。幸か不幸か、カウンター内のバーテンも少し離れた場所で客と話し込んでいた。

手の甲でごしごしとくちびるを擦ったが、乱暴にすればするほどかえって伊織の甘いキスが強く蘇《よみがえ》ってきてしまう。

「これは挨拶《あいさつ》です。気を悪くしないでください」

綺麗な顔でにこりと笑いかけられると、力が抜けてしまう。

「これが挨拶か。いまどきの若い奴は違うな。こんなキス、誰とでもしてたら勘違いされることだってしょっちゅうだろ」

「いいえ、いまのは向井さん専用の挨拶です。僕をどうしても記憶に残してもらいたかったので、あなただけに——あ、電話ですか？」

手元に置いていた携帯電話が振動しているのを見て、伊織は意味深に目配せする。

「お邪魔しました。これ、僕の名刺です。よかったらまた会いたいです」

粋な感じでサングラスをかけ直し、軽く一礼して伊織は立ち去った。

くちびるを押さえ、まだ少し茫然《ぼうぜん》としながら真っ白な名刺を手に取った。所属事務所の住所と電話番号、伊織の名前と携帯電話番号だけが刷られたシンプルな名刺は、若いのにある種の気品を備えた彼に似合っている。だが、誰も、彼が初めて出会った男相手に熱烈なキスを仕掛ける度胸をひめているなんて知らないだろう。

名刺をまじまじと見つめて、ひとつ気づいた。宮乃と同じ事務所だ。宮乃がいまの事務所に移籍したのは二年前だ。もともと雑誌のモデルで活躍していた伊織が俳優としても名を上げてきたのはこの一、二年だから、ふたりは面識があってもキャリアの差で交友はないのかもしれない。実際、宮乃の口から伊織の名前を聞いたことはない。

「……驚いたな、あんなことするなんて」

ひとりごちながら、振動を続けている携帯電話の通話ボタンを押した。

「もしもし」

『向井か？　待たせてすまない。局でのインタビューがちょっと押してしまったんだけど、もう出たからそろそろそっちに着くと思う。腹、減っただろ』

「ハハ、うん、まあな」

『今日はちょっと張り込んで鉄板焼きに行かないか？　個室でゆっくりできて、すごく美味《おい》しい肉を食べさせてくれる店ができたんだ』

「おっ、いいな。ガッツリ食うか。目の前で焼いてもらうのがいちばんだよな。なんだったら、その店で直接落ち合うか？」

　挨拶代わりとはいえ、初対面の伊織にくちづけられた動揺を吹き消すためにできるだけ笑い混じりに言ってみた。

　しかし、長年の友人は違う。

『どうした、向井。なんかあったのか？』

「なんかって、なんだ」

『ちょっと無理しているような声に聞こえる。俺が店に行くまでの間になんかあったのか？』

　心配そうに眉《まゆ》をひそめているだろう宮乃の男らしく整った顔を思い浮かべ、「いや」と向井は強張《こわば》る口角を吊り上げた。

「べつになにもない」

『ほんとうか？』

「ホントだって。ミヤはどうしてそう心配性なんだよ」

　言ってる最中から可笑しくなってきて、ほんとうに声を上げて笑ってしまった。

　離婚直後だとはいえ、いい歳《とし》をした大人の男だ。そうはいうものの、仕事でも私生活でもつかず離れずでやってきた宮乃から見たら、やはり心配なのだろう。

　ともあれ、鉄板焼きの店の住所を教えてもらい、向井は会計を終えて席を立った。

「向井の好きな赤ワイン、せっかくだから今夜の料理に出してもらうことにした。チーズやいろいろは帰りに渡すよ」

「悪いな、なんか気を遣わせて。とにかく乾杯。仕事お疲れ」

「うん、お疲れ」

こぢんまりした個室のカウンター席で隣り合って座る宮乃が微笑む。リラックスしていてもさすがに人気俳優は独特のオーラがある。

精悍《せいかん》な相貌の男が白い歯を見せて無邪気に笑っている姿には、親友の向井も目を留めるほどの磁力がある。爽やかなライムグリーンのリネンシャツに焦げ茶のシックなパンツがしっくり合う。昔から宮乃はセンスがいい。

宮乃の土産のワインはほどよい渋みがあるわりに、飲み口は軽い。無類の酒好きを自認している向井は、「これ、旨《うま》いな。飲みすぎそうだ」と笑った。

シェフが優雅な手つきで季節の野菜やホタテ、車エビを切り分けてほどよく焼き、ふたりの前に出してくれる。メインの肉を焼いてもらうのは少しあとにしようと、ワインを飲みながら宮乃のイタリア旅行の話をあれこれ聞いた。

「テレビ番組のロケだったからあんまりゆっくりできなかったけど、とにかく料理が美味しいし、景色もいい。今度は向井と一緒に行きたいな」

「男ふたりでイタリア旅行か。色気ないこと言うなよ。食いまくる旅になりそうだぞ」

「それでもいいじゃないか。若い頃は結構あちこちふたりで行ったのに、最近はなかなかそういうこともできないし」

「それはしょうがない。ミヤは掛け値なしにいい役者なんだから、俺と遊んでる暇はないだろ」

「たまには俺だって息抜きしたいよ」

テレビに映画とあちこちのメディアから引っ張りだこの役者が言うには、正直すぎる言葉に吹き出した。

綺麗な手つきでナイフとフォークを操る宮乃が、車エビを美味しそうに咀嚼《そしゃく》したあと、「なあ」と気遣わしげな目を向けてきた。

「いまさら聞くのは反則かもしれないが、……どうして向井は役者を辞めたんだ？」

「どうして、って……、そうだな。なんて言えばいいか」

ワイングラスを揺らし、向井は椅子《いす》に背を深く預けて天井を見上げた。シェフは気を利かせて席をはずしているから、個室はふたりきりだ。

「そういえば、そのことについてはあんまりちゃんと話してなかったな。なんか、お互いバタバタしてただろ。俺のほうは、離婚の話も持ち上がってたし」

「ああ」

「ま、湿っぽく言うのもなんだからさらっと言うけどさ。俺にはミヤみたいな華がない。そう悟ったから、辞めたっていうのが理由のひとつにある」

「俺のせい――なのか」

目を丸くする宮乃に、慌てて「違う違う」と笑いながら手を振った。

「おまえのせいじゃない。ただ、才能が違いすぎる奴をずっと隣で見てきて、第一線に立つには生まれつきの才能に加えて、桁違《けたちが》いの努力が必要なんだと感じたんだ。俺とミヤはいつもよく一緒に稽古していたけど、同じ稽古でもおまえのレベルは違う。ボイストレーニングも、ホン読みも、ミヤは誰より一歩も二歩も先を行くような考えで挑んでいた。解釈の違いっていうかな……与えられた役への取り組み方が俺とはそもそも違っていた」

自分の実力に諦《あきら》めを感じ、脚本の道一本に絞ろうと決意したのは、親友でライバルの宮乃の存在が大きい。

むろん、宮乃は真っ向から反論をぶつけてきた。

「華がないなんて俺は思ったことがない。向井には向井らしい深みがあるのに」

「そう言ってくれる気持ちは嬉しいよ。でも、あのまま端役を続けていったところで、もう摑めるものはなにもないと思ったんだ。台詞のない役にもしがみつきたかったけど、自分の中で限界を感じているところもあった。いまだから言えることだけどよ……。劇団の中でもずば抜けた演技力と華やかさのあるミヤの隣に立ったとき、俺はどうしてこうも平凡なんだろうと歯噛《はが》みしたことは一度や二度じゃない」

「俺は、おまえにとって迷惑な存在だったか？」

宮乃がうつむき、苦しそうな声を絞り出す。

「その逆だ。俺に転機を与えてくれた大切な存在だ。俺、情けないだろ。でも、みっともない俺も、俺だ。ミヤとは最初からウマが合ってたし、同じ役者としても尊敬していた。だから、悔しい気持ちを引きずったまま退場することだけは嫌だった」

互いに励まし、演じることの楽しさや苦しさもとことん話し合ってきた仲だ。自分の身になにかあったら真っ先に宮乃に言う。初めて役がもらえた喜びも、オーディションに落ちた悔しさも、いつも宮乃に話してきた。結婚することも、離婚することも。

だから、ずっと抱えてきた想《おも》いも正直に打ち明けることにした。

「俺は、宮乃亘っていう素晴らしい役者を知っている。おまえに心底憧れた半面、自分には絶対こんな心情のこもった演技はできないって打ちのめされたことが何度もある。……でも、そのうち、わかったんだ。悔しいって感情もさ、突き詰めていくと自分自身を押し上げる力のひとつになるんだって、おまえを見ていて気づいたんだ」

胸の中にあったもどかしい想いをひとつひとつ言葉に置き換えていくのは、どうにも恥ずかしくて頬が熱い。ワインを飲んでいてよかったと向井はちいさく笑う。

「向井……」

「おまえを妬《ねた》んだり、やっかんだりしたことを思い出すと恥ずかしくてつらいけど、じゃあこれからの自分は宮乃を僻《ひが》む以外になにもできないのかって考えたら、違うと思った。俺には俺なりに、なにかできるはずだ。だから、役者をすっぱり諦めて、もうひとつの道で頑張ろうと思ったんだよ。俺は、話を書いていて楽しい。だから、役者をすっぱり諦めて、もうひとつの道で頑張ろうと思ったんだよ。まだ始めたてだから偉そうなことは言えないけど、ミヤとは少しだけ離れた場所で、でも同じ世界にいられるのが嬉しい。ミヤ、いつか、俺の書いた本に出てくれよな」

照れくさくて鼻の下を擦りながらワイングラスを向けると、いささか強張った顔をしていた宮乃がふっと目元を緩ませて肩をぶつけてきた。

「……向井がそんなふうに思ってくれているなんて知らなかったよ。俺のほうこそ、自分の薄っぺらさに嫌気が差したときがあった。向井なりの独自の演技力に憧れてたんだ。俺にはない洞察力と審美眼と、優しさがある。だから、おまえはいい話が書けるんだろうな」

「おいおい、持ち上げすぎだぞ。調子に乗って飲みすぎたらどうすんだよ」

「俺が背負って帰るよ」

くすくす笑う宮乃がワインをなみなみと注《つ》ぎ足してくれた。

「冗談でもお世辞でもない。向井がいてくれたから、俺はいい役者になろうと思った。おまえが書く話だったら通行人の役でも出たいよ」

「ああ。絶対出てくれよな。約束だからな。結婚したい芸能人トップスリーに入るおまえの男らしくて清廉潔白なイメージを前面に押し出す役でもいいけど、逆に、女性がドン引きするほどの執着心剝《む》き出しのストーカーまがいの男でも楽しそうだな。イケメンのミヤなら笑顔で追い詰めてきそうで迫力が出そうだ」

「勝手に言ってろ」

盛り上がっているところへ穏やかな微笑を浮かべたシェフがタイミングよく出てきて、分厚い肉を焼き始めた。

いい香りが個室いっぱいに広がる。向井も宮乃もミディアムレアをオーダーし、口いっぱいに溢れ出る肉汁を楽しんだ。

食後のフルーツデザートを出してシェフが下がる頃も、ふたりはまだワインを飲んでいた。親友が選んでくれただけあって、好きな味だ。

「そういえば、伊織柳って知ってるか？　ミヤと同じ事務所なんだよな」

「ああ、知ってる。事務所で会ったときに挨拶する程度だけど。伊織がどうかしたか？」

「今日、初めて会ったんだ。ミヤと待ち合わせていたバーで、俺の隣に座ってきた。あいつ、変わってるな。俺たちより全然若いくせに度胸がある。酒が入ってたこともあったせいか、俺の書く脚本に出たいと言ってきて、……ちょっとこう、軽く触られたんだ。大胆な点じゃ合格だよな」

キスされたとはっきり言うのはさすがにためらわれたので、曖昧《あいまい》にした。

冗談めかして言ったのに、宮乃からはなんの返答もない。

「ミヤ？」

「——ほんとうにそんなことされたのか？　どこを触られたんだ？」

「いや、肩とか、腕とかそんなもん。そう深い意味はないって」

想像以上に真剣な顔をしている宮乃の低い声に、ぎこちなく笑った。

鷹揚《おうよう》な男だが、親愛が激しい性格で、たまにこうして思い詰めた顔を見せることがあるのは長いつき合いでよく知っている。宮乃の人当たりのよさは業界内でも有名だが、そのじつ、こころを許している相手はごく少人数だ。

プライベートで飲んだり食べたりする相手も、向井を含めて片手で足りる程度、と本人から聞いたことがある。役者として多くの仮面をかぶる以上、仕事は仕事、私生活は私生活ときっぱり割り切ったほうがうまくいくと向井も思っている。

実際、宮乃はそのへんのバランスの取り方が上手で、一度仕事を組んだ相手はほぼ全員、彼に好意を抱く。女優やモデルから恋愛感情を寄せられたことは数限りなく、いつスキャンダルを起こしてもおかしくないぐらいもてるのだが、宮乃の纏《まと》う清潔感が醜聞を遠ざけているのだ。

――聞き上手だし、親切だ。それに、間違いなくいい男だ。

「当たり前だろ。同性に色っぽいこと、されるわけないだろうが」

「なら、いいけどさ。向井はひとがいいから、つけ込まれやすいんだよ。……伊織か。あいつ、最近露出が増えてきて実力もあると思うが、あんまりいい噂《うわさ》を聞かないな」

「ホントか？　遊んでるとか？」

「同じ事務所の後輩を悪く言うのは、俺の性分じゃない。でも、伊織はかなりヤバイって噂だ」

　浮かぬ顔の宮乃がワインを啜《すす》る。

「デビュー以前から女遊びが激しくて、雑誌に出るようになってからも現場で気の合った相手をお持ち帰りしていたそうだ」

「そう、なのか」

「ここ一年ぐらいはマネージャーにきつく釘《くぎ》を刺されて自重しているみたいだけどな」

　宮乃の話が事実だとしたら、あのキスはやっぱりからかうためのものだったのだろう。

　――それにしちゃやけに真剣で、熱があったよな。

　知らず知らずのうちに、くちびるに指を滑らせていた。

　くちづけてきたとき、伊織はほんの少しだけ息を詰めていたようだった。たった一瞬触れ合うだけにしても、伊織は伊織で緊張していたんじゃないかと思っていたのだが、ほんとうに遊び上手だとしたらあの艶めかしい視線も息遣いも、こっちを勘違いさせるための演技だったのだろう。

「向井、どうした？　そこ、火傷《やけど》でもしたか？」

「あ、……いや、なんつうか、……その……」

「まさか、伊織にキスされたとか言うんじゃないだろうな」

「え？　いや、違う、そんな、なに言ってんだ、あいつも俺も男でそんなことができるわけ……」

ないだろう、と笑って続けたかったけれど、意外にも鋭い宮乃の視線にこころのねじが緩んでしまう。

「……冗談みたいな感じで触れられただけだ。意味なんかないって」

「くそ、あいつ……！」

ぎりっと奥歯を噛み締めた宮乃の低い唸《うな》り声にぎょっとしてしまう。こんなに露骨な怒りを剝き出しにした宮乃は初めて見た。

「おい、ミヤ。マジになるなって。隙《すき》があった俺が悪いんだし、キスだって映画でよく見るような挨拶みたいなものだったんだって」

言ってるそばから、──違う、伊織も挨拶代わりだと言っていたけれど、あの淫靡《いんび》なキスはそんな軽々しいものじゃないところの深いところで声がする。

そうでなければ、自分自身ここまでとまどっていなかったはずだ。悪趣味な冗談として一瞬で忘れ去っていればいいのに、それができず、あまつさえ宮乃にまで心配をかけてしまうなんて、失態の極みだ。

「伊織は仕事を取るためならなんでもやると聞いてる。向井に手を出したのも、おまえの脚本に出たいからだろう。卑怯《ひきょう》な手を使う奴だ」

「そう怒るなって。俺も不用心で悪かったよ」

肩を落とすと、宮乃がちらりと視線を向けてきて、深いため息をつく。

「今日は家まで送っていく。お互い、結構飲んだし」

「なに言ってんだ。ボトル一本ぐらい、いつものことだろ？　平気だって」

「だめだ。いまの向井から目を離したくない」

きっぱり言われてしまうと抗《あらが》えない。

「タクシーで帰ろう」

「なんか、悪かったな。変に心配させて」

肩を落として謝ると、宮乃は自嘲《じちょう》的な笑いを漏らす。

「おまえの心配をするのが俺の役目だろう。それぐらい気兼ねなくやらせろ」

店を出てタクシーを捕まえ、向井のマンションへと走らせてもらう間は、とりとめのない話に終始した。さっき食べた肉が美味しかっただの、前菜の味つけがおもしろかっただのとあれこれ話し、タクシーがマンションに横づけされると宮乃が手早く会計をすませ、背中を押してきたのには驚いた。

「ミヤ？」

「ちゃんと部屋に入るところまで見届けたい。エレベーターの中だって最近は物騒だろう」

「そこまでしなくても大丈夫だって。おまえ、明日も仕事だろ」

「いいから」

肩を抱かれて引っ張られたので、仕方なくエレベーターで目的階まで上った。

そういえば、宮乃を自宅に呼んだのはいつ以来だろう。結婚する前に住んでいたもっと狭いアパートにはちょくちょく遊びに来ていた。そこには別れた妻もたまに遊びに来て、宮乃と三人で馬鹿話をしながら飲んだこともあったっけ。

「この部屋にミヤが来るのって初めてだよな」

「ああ」

扉の鍵《かぎ》を開けて中へ入ると、それまで積極的だった宮乃が少しぎこちない様子であたりを見回す。電気をつけていないリビングは薄暗い。外から入る灯《あか》りでぼんやりと浮かぶ数少ない家具が目に映る。

信頼が消えた場所。突き放された場所。日々築いてきた愛情が脆《もろ》くも崩れていくのを為す術《すべ》もなく見守った場所だ。

「……つらくないか」

宮乃のぽつりとした声がやけに胸に刺さる。

「全然」

空笑いしたものの、笑ったそばからなんだか胸が冷えていく。薄闇《うすやみ》に沈む部屋には侘《わび》しさが漂っている。

「……自分で灯りをつけなきゃいけないのって、案外寂しいもんだな。この歳になって初めて知った」

隣に立つ宮乃が無言で肩を引き寄せてきた。強い力に内心驚きつつも、温もりにはほっとするから、向井も黙ってもたれかかった。

「俺の前では無理するな」

「ああ」

低く囁く宮乃の気遣いが嬉しくて、うながされるままソファに座ったあとも彼に身体を預けていた。

ひとり過ごす毎日に不便は感じていなかった。しかし、こうして宮乃がそばにいてくれることはとても落ち着く。

「自分で思っていた以上に案外ショックを受けてたのかもなあ……。ひとりになるってことにほっとするとも思ってたんだけど」

「ショックを感じるのは当然だ。五年近いつき合いをいきなり断ち切られたら誰だって衝撃を受ける」

宮乃が髪を優しく撫《な》でてくれる心地好さに、はぁっとため息をついた。ボトル一本ぐらいで腰が抜けるような弱さではない。だが、宮乃がくれたワインはいつも口にしているものよりアルコール度数が高かったのかもしれない。

自宅に戻ってきたことへの安堵《あんど》感や宮乃への信頼もあって、向井は彼の肩口にぐりぐりと頭を擦りつけた。

学生に戻った気分みたいだなと苦笑いして顔を上げると、いやに緊張した宮乃と視線がぶつかった。

「ミヤ……？」

あやふやに笑いながら、「どうした」と呼びかけようとしたとき、髪をまさぐる手の力が強まり、宮乃の翳《かげ》った顔が不意に近づく。

あ、と声を出す前にくちびるを奪われた。

肉感的なくちびるは最初から激しく吸ってきて、向井を驚かせるのと同時に、あって当たり前の抵抗力を削《そ》いでいく。

酒で酩酊《めいてい》しているせいもあったかもしれない。割り込んできた舌がくちゅりといやらしく絡みついてくることにおののいたけれど、甘く、巧みに吸われて思わず呻いてしまった。

「バッカ、なにして、んだ、……ミヤ……」

ぐっと体重をかけて宮乃がのしかかってくる。ソファに組み敷かれた向井は突然の展開に目を剝き、宮乃の胸を突っぱねてみたのだが、鋼のような筋肉を忍ばせた体軀《たいく》はびくともしない。

「ミヤ、……おい、ミヤ……！　──んっ……ぅ、……ん」

頤を持ち上げられて自然と開いてしまうくちびるに、淫蕩《いんとう》な舌がくねり込んでくる。ひたすら混乱する一方で、応《こた》えられるはずもない。だからといって、くちゅくちゅと搦《から》め捕《と》られ、ときおり咬まれて吸われる濃密なくちづけに簡単に陥落するわけにいかない。

──俺たちは親友じゃないか。

汗ばむ手で躍起になって宮乃を押しのけようとした矢先に、舌の先からトロリとした唾液《だえき》が滴り落ちてくることに身震いした。

気味が悪いのではなかった。とろみの濃い宮乃の唾液でたっぷりと濡《ぬ》らされたことで、散々擦り合わせていた舌の表面がどうしようもなく甘く疼《うず》いていたと気づかされたのだ。

じわっと満たされるような快感に頭の中がにわかに熱くなる。

声を失うほどの快感で意識が痺《しび》れ、反撃の手が緩んでしまう。こくっと喉《のど》を鳴らして宮乃の唾液を飲み干したのがわかったのか、さらに舌が大胆に蠢《うごめ》く。

「どうして、……っ、こんな、こと……」

「おまえを放っておけないんだ。絶対に、なにがあっても放っておけない」

掠れた宮乃の声が湿った首筋に落ち、そこも舌が這《は》っていく。ぬるっとした艶めかしい感触に息を浅くしながら身体をしならせ、この場から早々に逃げ出すか、それとも宮乃がいったいどういうつもりでこんなことをしているのか聞きたい、というふたつの想いに振り回されていた。

くねる舌を無意識に押し返そうとすると戒めみたいにきつく吸ってくる宮乃が、意味深に身体を押しつけてくる。引き締まった身体が発する熱に、頭がくらくらしてくる。宮乃とは普段からもじゃれ合う中だったが、こんな露骨な接触はしたことがない。

自分が快感に弱いたちだとは思いたくない。

男に触れられたのは今日が初めてなのだし——いや違う、正確に言えば、今日初めて、立て続けに同性にキスをされた。

ひとりは年下で、初対面の伊織。もうひとりは昔からの親友の宮乃。

どういう偶然なのだろう。なぜ彼らが自分なんかに触れたがるのか。さっぱりわからない。

伊織から受けたキスはまだ冗談ですませられるものだったが、宮乃のこれはどうなのだろう。舌を絡め合うディープキスはいくらなんでもやりすぎじゃないかと反論しようとした向井を制して、宮乃の手が淫らに這い回る。

「待てよ、ミヤ……ッ……相手、間違え……っ……ん——！」

胸を、腰を、大きな手がまさぐってくる。厚みのある手で胸筋を揉《も》み、ためらいがちに性器のあたりをさっと掠めてから、腰骨をぎっちり掴んできた宮乃のくちづけがますます深くなっていく。

「ん――んん、っ……ん……」

激しいキスに飲み込まれて、向井は必死に身体をずり上がらせた。すぐに宮乃が追ってきて腰を摑んで引き戻してくる。シャツがはみ出し、指が素肌に触れて一気に熱くざわめく。脇腹を親指でなぞられ、油断すると喘《あえ》ぎに似た声を漏らしそうだ。

――気持ちいいなんて、嘘だ。酔っているんだ、俺もミヤも。でも、気持ちいい。俺がおとなしくしていたらこの先どうなってしまうんだ？

その頃にはもう何度か喉元やくちびるに嚙みつかれていた。歯形がつくんじゃないかと思うほどの強い嚙み方に、痛み混じりの呻き声が漏れてしまう。

――まさか、ミヤに犯されるのか？

そう思ったとたん、説明のできない感情がこみ上げてきて向井は猛然と抗った。

乱暴で欲情溢れるキスに振り回されたとしても、酒に酔って流されていいはずがない。力を振り絞って彼の背中を叩《たた》いた。

このままでは押し流されてしまう。

「……ミヤ、やめろって、嫌だって、……ミヤ！　やめろ！」

声を振り絞ると、宮乃がハッとしたような顔を上げた。いまのいままで自分でなにをしていたかわかっていなかったような顔で、ばつが悪そうだ。のろのろと身体を起こす宮乃からそっと後ずさり、まだ濡れているくちびるを手の甲で擦った。背中が汗でぐっしょり濡れている。

「俺は……」

両手で頭を抱えた宮乃がうつむく。

「……どうかしていた。悪かった、向井。酒に飲まれすぎたのは俺のほうみたいだな。ほんとうに悪かった」

「いや、俺も……」

息を切らして、向井も呟く。

「ごめん、すぐやめてくれって言えばよかったんだけど、……なんか、酔ったとはいえ、こここまでやったら洒落《しゃれ》にならないよな」

「長いこと一緒にいたからかな……、伊織がおまえにキスしてきたと聞いて頭に血が上った。そんなもの、俺にだってできるってムキになったのかもしれない」

「おいおい、そんなところでムキになるなよ」

あえて笑ってみたけれど、まだ手足の先端が熱っぽく痺れている。そっぽを向いた頬も燃え上がるほど熱い。

驚きの裏に、これほどの未知の快感がひそんでいたとは知らなかった。うっかり間違えたらもっと深いぬかるみに落ちてしまいそうだった。けれど、そのことを宮乃に言うわけにはいかない。

「水を一杯飲んだら、帰るよ」

気まずそうに言って立ち上がる宮乃はキッチンのシンクから直接水をコップに注いで、ひと息に飲み干した。続いて、深いため息が聞こえてくる。

宮乃をついさっきまで覆い尽くしていた激情はとうに消え失《う》せ、自分のしでかしたことを恥じているような空気が伝わってくる。

だから、向井も努めて自然に振る舞い、玄関に向かう宮乃のあとを追った。

「送ってくれてありがとな。気をつけて……」

くるっと宮乃が振り返り、向井を遮った。

「伊織だけはだめだ。あいつには近づくな」

険しい声に唖然《あぜん》としていると、宮乃は自嘲気味に微笑む。

「心配なんだよ、ひとのいいおまえがつけ込まれそうで。陰口を叩くみたいで嫌なんだが、伊織の手段を選ばない仕事の取り方は前から事務所内でも問題になっていたんだ。俺からも、それとなく忠告しておくから、向井もうまく距離を取ってくれよ」

「……わかった」

「じゃあ、また連絡するよ」

手を振って帰っていく宮乃を見送り、知らず知らずのうちに苦笑い混じりのため息が零《こぼ》れた。

宮乃も、伊織も、いったいどうしたというのだろう。

——たまたま同性にキスをされただけだ。偶然、続けてふたり。それだけのことじゃないか。明日になったら俺もふたりとも、綺麗さっぱり忘れる。酔ったうえでの戯《ざ》れ言《ごと》だ。

そんなふうに自分をなだめながら、なんとはなしに左胸を押さえるとどくどくと激しく打っている。宮乃が執拗《しつよう》に触れてきたところだと思い出して、ぱっと手を離した。

それでも駆けた鼓動はなかなかおさまらなかった。

——ほんとうに、それだけのことなのだろうか。


日が過ぎればすべて冗談にできる。忘れることができる。夢にも見ない。

そう自分に強く言い聞かせて数日が経った。

自宅にこもって仕事をしていたせいだろうか。幸いにも宮乃からも伊織からもコンタクトはなく、ようやく以前と同じ平凡な時間が訪れたと内心ほっとしているところへ、携帯電話が鳴った。

その音に少しびくりとしたついでに、今朝方《けさ》見た夢の切れ端がほんのり浮かび上がる。

伊織と宮乃から交互にくちづけられた淫夢だ。伊織にねっとりと甘く吸われ、ああ、と夢の中の自分は喘いだ。宮乃がいやらしい手つきでくちびるを引っ張ってきて咬んでくるのにも、熱っぽい吐息で応えた。

——もう忘れろ。夢だ、あんなのは。

衝撃的な出来事が起きてからというもの、伊織たちから連絡はなかったが、毎日のようにキスで蕩《とろ》かされる夢を見ていた。朝、起きたときには自分の下肢が硬く反応してしまっているのがガキみたいで、情けなくて、恥ずかしくてたまらない。

鳴り続けている携帯電話をおそるおそる見ると、仕事仲間の名前が液晶画面に表示されている。

「もしもし？　……ああ、青木《あおき》さん、どうしたんですか」

『今日の夜、空いてるか。よかったら一緒に芝居を観《み》に行かないか？　ちいさい小屋なんだけど、俺の友人が脚本を書いた芝居がかかってるんだ』

電話の向こうは、向井に脚本の書き方を手ほどきしてくれた青木という男だ。向井よりも四歳上のベテランだが、年上ぶったところはまったくない。温厚な人柄で、面倒見のいい青木を向井はこころから尊敬していた。いまでも、脚本を書いている最中悩みごとが生じると、青木に相談するようにしている。

「いいですよ。行きましょう」

『じゃ、夕方四時に下北沢《しもきたざわ》の駅で待ち合わせよう。軽くなにかつまんでから観に行こう』

仕事柄、テレビドラマや芝居、映画、話題になっている漫画や小説はできる限りチェックするようにしていた。それぞれテイストは違っていても、ひとを楽しませるために作られている、という根底は変わらないと思っている。

手早く仕事を切り上げて、向井は気持ちいい夜風が吹く外へと出た。洗い立てのボタンダウンのシャツが肌に気持ちいい。独り身に戻ってみるとあれもこれも自分ひとりでこなさなければいけないことに最初は閉口したが、料理も洗濯も掃除も、いざやってみると楽しいものだ。真面目《まじめ》にやろうと根を詰めると逆に面倒になるから、手を抜くところは抜く。

最近はシャツのアイロンがけに凝っている。仕事が乗っているときは、料理をする気力も脚本書きに注いでしまうので、近所の定食屋に行ったり、弁当を買ってきて過ごしている。

夕方四時、青木と下北沢で落ち合い、芝居小屋からそう離れていないカフェバーでピザやパスタをシェアしながら、お互いの近況を話し合った。

ほどよく満たされたところで芝居小屋へと向かい、青木が押さえてくれた関係者席へと座る。開演を待つ間、入り口でもらった出演者リストに目をとおし、「——あ」と思わず声を上げてしまった。

「なに、どうした？」

ひとのいい顔で訊《たず》ねてくる青木に、「いや、うん、ちょっと」と言葉を濁した。

この芝居に、伊織が出るようだ。端役のようだが、やはり気になる。

「青木さん、この……伊織柳って知ってる？」

「もちろん。いまの若手俳優でもっとも注目を浴びているひとりだよな。演技力はあると思う。ただ、見栄えのよさが優先されすぎていて、軽いノリのプレイボーイ的な役ばかりあてられているのはちょっと残念なんだよな。今日の芝居ではいつもと方向性が違うからってことで、期待してるんだけど。向井も伊織を使いたいと思ってるのか？」

「うん……どうだろう、俺が書く話には綺麗すぎて似合わない気もするけど」

「誰から見ても美形の男が凄《すさ》まじい狂気を抱いてる、とかどうだ？　伊織がこなせるかどうかわからないけど、あの顔で真剣に迫られたらかなり話題になるかもな」

可笑しそうな青木に合わせて向井も乾いた声で笑ったけれど、心中穏やかではない。

芝居が始まった。年齢、立場の違う複数の男女がさまざまに絡み合い、愛したり、憎んだり、同情したりという筋だ。各人物の描写が克明で、多くの芝居を観てきた向井もつい引き込まれた。

伊織は、ホストクラブのナンバーワン兼オーナー役で出てきた。目立つ美形だけにホストははまり役だ。綺麗な顔で何人もの女性を狂わせる生き方を中年のサラリーマンに激しくなじられるのだが、伊織は笑うだけでなにも答えない。

——このへんまでは伊織の地でいける。もっと落とし穴はないのか？

しなだれかかる女性客を笑顔で見送り、酔った若手ホストたちを全員帰らせたあと、伊織がひとりで店内の掃除を始めるという場面に見入った。

華やかなライトが落ちた場所で、オーナーであるはずの伊織は若手にやらせればいいはずの掃除を黙々とこなし、膝《ひざ》を払って立ち上がり、客席に背中を向ける。

「……燃やすか」

ぽつりとした声の仄暗《ほのぐら》さに、客席がハッと息を呑《の》む。

向井も目を瞠《みは》った。伊織にあたるピンスポットがぎりぎりまで絞られ、闇が彼を取り巻く。

「……ここも面倒になってきたし、また全部燃やして……新しいとこで、始めるか……」

感情のない声にぞっとする。表情が見えないぶん、台詞だけに感情をこめる難しい演技だ。しなやかな背中がわずかに右に傾き、深いため息をつく。

次に彼がなにを言うのか気になってたまらなかった。これは芝居で、伊織は役者だとわかっていても、かぎりなくリアルな息遣いに飲み込まれてしまう。

このホストは過去、どこでなにをしてきたのか。前にいた店はどうしてしまったのか。また全部燃やして、というのはどういう意味なのか。疑問が渦巻き、伊織の背中から目が離せない。

すると伊織はふっと息を吐き、先ほどの薄暗さが嘘のような笑顔で振り返った。

「今日はここまでだ。また明日にするか」

そうしてジャケットを羽織り、店外に出て、周囲の顔見知りと明るく挨拶しながら帰宅する――伊織は舞台の袖に下がっていく。

「またな」「お疲れ」という声に、場内を占めていた不安感が一瞬にして消えるが、心許《こころもと》ない気持ちを誰もが胸に宿しているのが向井にも伝わってくる。

さっき、ホストとしての伊織が呟いた『また明日』という日は、平穏なのか、それとも火にくるまれるのか。どちらにも取れる余韻がいい。

予想以上に、いい演技をする。

これほどブラックな演技をテレビでやるのは倫理上、難しいだろうが、その日限りの芝居なら可能だ。

「伊織、うまいな……。もっとああいう役をやらせてみたい」

「だったら向井が書いてみろよ。でも、伊織の事務所がなんて言うか。あそこはお抱えタレントにダークなイメージが根づくのを嫌がるだろう」

青木の言葉に、宮乃の顔がふっと浮かぶ。宮乃も、伊織と同じ事務所だ。業界でも名を知られたプロダクションで、タレントには徹底したイメージ戦略を行う。

清潔感溢れる宮乃も、まだ名前が売れていない若い頃はこういった尖《とが》った役も喜んで受け

ていた。

『どんな役でもやりたい。やって損になる役なんてない』

それが宮乃の口癖だったが、年々実力を増し、ドラマで包容力と実行力のある教師役で大当たりしてからは、事務所が汚れ役を敬遠するようになった。

——ミヤはまだ三十五歳だ。いまここであまりに役を狭めてしまうと、将来が広がらない。

向井は懸念していたが、いくら親しい仲でも言っていいことと悪いことがある。

伊織が演じるホストを絡めた芝居は、それぞれにふさわしい結末を得て無事に幕が下りた。ハッピーエンドを摑んだ者、まだ迷っている者、答えが摑みきれずに雑踏に消えていく者と結論はさまざまだというのも、感慨深い。

「いいものを観た。ありがとう、青木さん」

「いやいや、俺もいい刺激になったよ。楽屋に挨拶に行こう」

青木と肩を並べて楽屋へ行くと、狭い部屋からも興奮と熱気が伝わってくる。

「……向井さん！　観に来てくれたんですか」

隅のほうで着替えていた伊織が素早く向井たちを見つけ、駆け寄ってきた。

「お疲れ様。知り合いに連れてきてもらったんだ。きみが出ているとは知らなかったけど、いい芝居だったよ。あの、背中で語るシーンはグッときた」

「ほんとうですか？　そう言ってもらえると嬉しいです。あそこは自分で考え抜いた場面なんですよ。ね、向井さん、よかったらお連れのひとところのあと一緒に打ち上げに参加しませんか？　明日が中日なんで、僕たちも今日は盛り上がろうかって話してたとこです」

「でも、邪魔にならないか？」

「そんな。あなたが来てくれるならみんな喜びますよ。いまもっとも新鮮な脚本を手がけるひとなんだから」

甘えたように笑う伊織の笑顔は自然だ。一歩間違えれば媚《こ》びているとも思われるだろうに、きわどい線をうまいこと渡っている。

ここで断るのも大人げない。この間のキスは冗談だったのだろうと解釈することにして、向井は誘われるまま、伊織や青木たちとともに打ち上げ会場へと向かった。


「向井さん、来てくれるって最初からわかっていたらもっといい席を用意したのに」

「いや、十分十分。隅々まで見られたし、ホント、おもしろかったよ」

「どこらへんが向井さんの目に留まりましたか？」

ラフなシャツ姿の伊織はセルフレームの眼鏡《めがね》をかけ、ゆるく癖のついた髪をヘアバンドでアップし、美味しそうに小皿に盛った鶏肉料理をつまんでいる。額の形が綺麗だ。

最初に会ったときと眼鏡が違うので、「視力が悪いのか」と聞くと、「ええ」と食欲旺盛《おうせい》な伊織が頷《うなず》く。

「仕事しているときはコンタクトレンズにしているんだけど、普段は眼鏡が多いんですよ。楽だし、顔を隠すのに役立つから、いろんなフレームの眼鏡をそろえています。これは、最近買ったオフ用。セルフレームってあまりかけないんだけど、あまりきつくならない感じが気に入ったんですよ」

「似合うよ。眼鏡をかけていると普段よりもっと切れが増すよな」

「向井さんの褒め言葉は全部真に受けますよ」

洗練された姿は、さすがモデル出身だ。襟元が大きく開いたシャツから見える肌は艶めかしい。アクセサリーひとつつけていないのにこれだけ輝くとは、やはり素材が抜群にいいのだろう。

中日の打ち上げは、芝居小屋からそう離れていないアジア料理屋で行われた。

少し前までは大勢で飲んでいたのだが、場がくつろぐにつれて伊織が距離を詰めてきて、「せっかくだから、もっと話しやすい場所に移動しましょう」と店の奥にある個室に誘ってくれたのだ。

半円形の部屋は四、五人も入ればいっぱいになるだろう。

壁に沿った黒のソファにふたりして座り、店員が飲み物と料理を運び入れてくれると、

「扉、締めていってください」と伊織が顎《あご》をしゃくって言う。それが傲慢《ごうまん》に見えたので、緊張した顔の店員に、「ごめんな、仕事が終わったばかりで疲れてるんだ」とうまいこと言いつくろい、向井自ら扉をそっと閉めた。

「売れてるからって、あまり生意気な態度を取ると早いうちに見切られるぞ。いい芝居をするんだから、不用意に敵は作らないほうがいい」

穏やかな声音に、グラスを口に運びかけていた伊織の手が止まった。

「……さっきの店員さんが、僕の顔なんかわかりますか？　眼鏡をかけているんだし、着飾ってもないいんですよ」

「馬鹿、わかるに決まってるだろ。プライベートの伊織柳がじつは嫌な奴だってしょうもない噂でイメージが崩れるのは、もったいないだろう」

「いつでもどこでも、にこにこしていろってことですか」

「普通にしていればいいいだけの話だ。きみは芸能人だろう。夢を売る仕事だ。他人を惚れさせておいて損はない」

伊織は口を閉ざしている。

――うるさいこと言う奴だなと面倒がられるかな。

だが、伊織は殊勝に瞼を伏せて、「すみません」と呟いた。

「向井さんの言うとおりですね。調子に乗りすぎているのかも」

主役とまではいかないが、光る演技を見せた伊織と話したがっている共演者や関係者は多い。その点をやんわり言うと、にこりと微笑まれた。

「でも、僕は向井さんと話したいんですよ」

「きみのファンから刺されそうだな」

「向井さんこそ、ご自分の魅力を軽視しすぎですよ。あなたを独占したがってるのは僕だけじゃないって、気づかないいんですか？」

「俺が？　なんで。きみと違ってもういい歳のおっさんだぞ」

「まだ三十五でしょう」

「ああ、きみより十歳も違う」

即座に言い返すと、伊織はむっとした顔をする。

年相応に、素直な表情をするんだなと可笑しくなった。

胸の裡《うち》が伝わったのか、伊織も曖昧に笑って軽く肩をもたせかけてくる。

「……なんか、向井さんといるとほっとするんだ。無理に背伸びしなくてもいいんだなって思えます。あなたから見たら、僕はまだまだ甘ちゃんですよね」

「ま、そうかもしれない。でも、演技はほんとうによかったぜ」

「さっきも言ってくれましたね。あれ、よかったですか？　お世辞とか、嘘じゃなくて？」

顔を寄せてくる伊織の瞳の中に淡い期待が浮かんでいるのを見つけて、向井は深く頷いた。

「お世辞なんかじゃない。よかったどころじゃなくて、びっくりした。きみぐらい綺麗な男に傅《かしず》かれたら、舞台の上だとわかっていても女優も嬉しいだろうな。だからこそ、あの落差には本気で驚いた。『……燃やすか』って台詞からの流れは見事だったよ」

「あの場は、いちばん力が入りました。舞台監督や演出家さんには、あそこまでやり込まなくていいんじゃないかって言われたんですよ。『伊織柳のイメージが崩れるんじゃないか』ってマネージャーにも言われたんですけど……なんていうか、役にはまってしまって……。浮き沈みがはっきりしている人物にしたくて、僕なりに試行錯誤したんですよ」

「そこまで考えて演じてもらえるなら、脚本家も飛び上がるぐらい喜んでるさ。伊織くんには演技力があるから、もっといろんな役が見てみたい」

「くんづけしなくてもいいです。僕のほうが年下なんだし。——向井さんは、見てほしいと思う僕をちゃんと見てくれているんですね。とても嬉しいです」

ワインを飲み干した伊織が、美味そうにぺろりと舌なめずりする。赤く濡れた舌がやけに扇情的なのに、どこか可愛《かわい》いとも思えるのは年下だからこそだろう。

「ありがたいことに、ドラマや映画の出演依頼は結構来てるんですよ。でも、どれもこれも表面ばかりが綺麗ならいいのかっていう典型的なモテ役ばっかりで。自分なりに、どう演じれば魅力的に映るだろうって考えますが、同じような役ばかり来ると……やっぱり、飽きますね。若手のくせに偉そうなこと言ってるのは百も承知ですけど。これ、向井さんの前だから言うんですよ。みんなには内緒ですよ」

「言わない言わない」

笑いながら答えると、伊織が空になったグラスにワインを注ぎ足してくれる。酒に強いのだろう。向井も彼のグラスを満たしてやった。

「もっと、のめり込める役に出会いたいです。僕の存在自体は忘れられてもいい。観たひとのこころにいつまでも役が残るような……いま以上に、打ち込める役に巡り会いたいです」

真摯《しんし》な言葉に嘘は感じられないから、励ます感じで軽く肩を叩いた。

「いい脚本に出会えるといいな」

「あなたが書いてください、向井さん」

微笑んでいるけれど、真剣な表情をした伊織にまともに顔をのぞき込まれ、胸がどきりと高鳴る。眼鏡越しの切れ長の瞳には壮絶な色気が宿り、胸が逸《はや》る。

「……あなたの書く話を演じてみたい。向井さんの綴《つづ》る言葉を語ってみたい」

気配もなく、するりと身を寄せてきた伊織が耳のうしろにくちづけてくる。皮膚を軽く食むようなその熱い感触に一瞬茫然とし、反撃が遅れた。

間近で見れば見るほど、美しい男だ。すっきりした額から顎のラインまでもが完璧《かんぺき》で、とりわけ、意思の強そうな瞳と、それを裏切る官能的なくちびるが悩ましい。

色恋沙汰《ざた》に馴《な》れているのだろう。

そんなことをぼんやり考えていると、可笑しそうな伊織が頤をつまんできて、視線を絡めながらゆっくりとくちびるを重ねてきた。

「……、っ……」

しっとりと熱く、重みのあるキスに目を瞠った。甘く吸われて、背筋がぶるっと震える。とっさに叫ぼうとした。なにをするんだと抗議しようと口を開いたのが徒《あだ》になった。ぬるっと潜り込んできた舌が淫らに絡んできて、向井をますます追い詰める。様子を窺《うかが》うように最初は先端だけをチロチロとくすぐられたが、あまりのことに向井が反応できないでいるのがおもしろかったのかもしれない。

さらにきつく顎を摑まれて真上を向かされた。素早く馬乗りの状態になった伊織が慎重に舌先を吸い取ってくる。

「——ン……っ……」

つうっとまっすぐ垂れ落ちる唾液が口内を熱っぽく犯していく。とろりと甘く、罪深いぬかるみが身体の奥で生まれるようだった。

息するために口を開きたいのに、伊織の淫らな舌がどこまでもくねり挿《はい》ってきて逃げようにも逃げられない。

「……ッ……や、め……」

背中を何度も叩いたが、細身に見えても引き締まった若々しい身体はびくともせず、向井の腰をどっかと太腿《ふともも》で挟み込んだまま動かない。向井はたまらずに呻いた。同性にいいように振り回される屈辱と、淫蕩に舌を啜られてじわじわと身体が痺れるような快感の狭間《はざま》で揺れ動いていた。

舌全体でしゃぶられるようにされると、押しつけられた腰がじわりと炙《あぶ》られたように熱くなる。若い男の求め方は目もくらむほど奔放で、ずる賢い。向井の感じる心地好さが苦しさに近づくきわどいところで舌を甘く吸い、下肢に手を這わせてくる。

――宮乃とは全然違う。

熱心にくちびるを奪う伊織とはまったく違う求め方をふっと思い出したことで、やるせない気持ちが強くなる。

いつもより飲みすぎたのだろうか。いつ、男に簡単につけ入られる隙を見せてしまったのか。

「……伊織、やめろ……！」

「ここでやめていいんですか？　……向井さんのここ、硬くなってるけど」

至近距離で笑う伊織が人差し指と中指をぎりぎりまで拡《ひろ》げ、向井の欲情しかけている下肢の形を浮き彫りにするようにいやらしく動く。

「最初からあなたに惹かれています。あのバーで出会う前から――あなたの脚本を知ったときから、ずっとどんなひとだろうと想像してきました。実際に会ってみたらあなたは想像以上に気さくで、穏やかで、聞き上手で……それと、声が、すごくいい」

「……っ……ぁ……だめだ、そんな、——触る、な……」

耳に熱い吐息を吹きかけられながら下肢をやわやわと揉み込まれると、どうしようもなく疼いてしまう。

応えるなと己に言い聞かせても腰が跳ねてしまう。ジリッと前の金具の下りる音を信じられない思いで聞いていた。忍び入ってくる指が下着の上からひたりと性器に張りついたときには、思わず喘ぐような息を漏らしてしまった。

「あなたの声の掠れ具合がたまらなくいい。セックスのときはどんな顔で、どんなふうに喘ぐんだろうって想像したら止まらなくて……向井さん、ここが最後のチャンスですよ。僕はあなたに嫌われたくないから、一旦《いったん》やめます。僕が嫌だったらいますぐ逃げてください。逃げないなら、これ以上のことをします」

「……伊織……」

少しの間があった。言葉どおり、伊織は愛撫《あいぶ》を止め、向井の出方を窺っている。

「逃げないんですか？」

「——どうして、こんなことをするんだ、どういう冗談なんだ？　男同士なのに」

惑いを答えと受け取ったらしい。伊織が意味深に笑いながら身体の位置を変え、向井の両脚の間に顔を埋《うず》めていく。

「……ぁ、……ぁ……っ……待てよ、い、おり……っ……俺は……」

「僕に任せてください。向井さんを気持ちよくさせたい」

「……っう……ぁ……っ」

手足を振り回して抵抗したが、火傷しそうな舌が、ちろりと臍《へそ》を掠めた。くぼみを舐《な》められるむず痒《がゆ》さに身悶《みもだ》えている間に下着ごとずり下ろされ、剥き出しにされた性器が熱くしなる感覚に思わず片方の腕で目のあたりを覆った。

もう若くはないのだ。同性にからかわれて即座に反応するわけがない。

「……馬鹿、してんじゃねえ……飲んでるんだし、いい歳なんだから、……こんなのでどうにかなるわけ、ない……だろう……っ……」

「ちゃんとどうにかなってますよ。勃《た》ってるし、先っぽもぬるぬるになって僕の指を濡らしてる。あれだけのキスでこんなになってくれるなんて……可愛いひとだな、あなたは。ほんとうにおかしくなりそうです」

「……っ……く……！」

竿《さお》を握った伊織がゆっくりと手を動かし始める。ギュッと握り締められる強さに、背中が弓なりになっていく。向井の意思に反して、勃起《ぼっき》したペニスの裏筋を指の先で丁寧になぞられることで、びくんと硬さを増してしまう。

下腹がひどく熱い。そこら中を舐められているような錯覚に陥ってしまう。

喘ぎが漏れるのが嫌だから拳《こぶし》で口を覆い、おそるおそる目を開いてみると、性欲が暴走していた若い頃と同然、臍につきそうなほど鋭角にしなる向井のペニスをいまにも咥《くわ》えようとしていた伊織と視線がぶつかった。

端整な顔をした若い男は眼鏡を押し上げ、不敵に笑う。

「……伊織、ぁ……っ……」

しゃぶられてしまったら、もう止まれない。酒のうえでの冗談だと笑い飛ばすこともできなくなる。腰を引こうとしたのだが、ぎっちりと掴まれていて身じろぎもできなかった。

「なにをされるって想像してたんですか。たとえば、こんなこと？」

先端の割れ目に指先がくりゅっと軽く埋まっただけで、ぷくんと玉になっていた愛液が筋を引いて零れ落ちる。その筋を尖らせた舌先が丁寧に辿《たど》っていく。蕩けて、焼けつくような鋭い快感に頭の中が真っ白になってしまう。鎮めておきたい快感を、どうして伊織は揺さぶり起こすのか。

「ち、……ちがう！　伊織！　俺は——」

「もっといやらしいこと……ですか。いけないひとだ、あなたは」

「……ん、んっ、あぁぁ……っ」

亀頭をきつく指で締めつけられ、じゅるっと先端をきつく吸われて、身体がバウンドした。

腰の奥がじんじん痺れるほどに、いい。

伊織の口淫は巧みで、思わぬ駆け引きに満ちていた。若い男の暴挙に全身で抗おうとすると舌先は肉竿からするりと離れてしまう。予期していなかった喪失感に驚き、力を抜くと、またもずるくしゃぶり込まれる。硬く引き締まっていく陰嚢《いんのう》も片方ずつ舐め転がされ、伊織の髪を摑む手が湿っていく。

「……ッは……ぁ……」

「向井さんの……すごく美味しい」

欲情で赤らむ太腿の内側、汗ばんでぴんと張った皮膚を指で意地悪く擦られる刺激に、呻いた。

「……咥え、ながら……言う、っな……」

「どうして？　気持ちよくてもっと声が出ちゃいそうだから？」

「ん――……っ……く……ぅ……」

じゅぽじゅぽと露骨な音を響かせて舐めしゃぶられ、声を殺すのも必死だ。

――いますぐ大声を出せ。助けを呼ぶんだ。助けを求めろ――だけど、伊織に下肢を舐められて感じてしまっている姿を誰かに見られたら？　もしも、伊織がいきなり裏切って、『性的奉仕を無理強いされた』とでも言ったら？　どっちに転んでも身の破滅だ。

ソファに横たわり、あらわにした下肢を若手の俳優に嬲られている構図は、どんなふうに捕らえてもスキャンダルだ。年齢差やキャリアも手伝って、向井が無理やり奉仕を要求したと見る者も少なくないだろう。たとえ、味方になってくれる者がいたとしても、『どうしてきつく突き放さなかったんだ』と隙だらけの向井をなじるだろう。

　複雑な胸の裡を悟ったかのように、伊織は微笑み、自身の口で、硬く、熱く育てた向井のものを見せつけるかのようにねろりと舌を根元からくびれに向かって挑発的にくねらせる。

「……ん……ッ……」

「反論はやめたんですね？　賢明な判断だと思いますよ。僕は素直に感じるあなたが見たいだけです」

「っ、ぁ、っ、ぁ……──ぁ……！」

　濡れた陰毛をくるりと人差し指に巻きつけた伊織が激しく貪《むさぼ》ってくる。そんなに深く含んだら苦しいのではないかと案じてしまうほどしゃぶられ、伊織の喉奥の粘膜に己の亀頭《きとう》を擦りつけてしまう。

　くちびるだけで舐めるのではなく、口全体を性器のようにし、舌を竿に張りつかせ、奥に向かうにつれて細く締まる喉の深いところまで向井を誘い込む苛烈《かれつ》な求め方は、初めて味わうものだ。伊織が軽く息を吸い込むだけで、いきそうだ。

「……もう、やめてくれ、頼む、このままじゃ……」

「僕の口の中でいってください」

「嫌だ、やめろ、伊織……こんなことしても、なんの得にも……」

「得とか損とか考えてませんよ。もしかして、枕営業《まくら》だと思ってますか？　……ふふっ、そんなことするわけないでしょう、この僕が。向井さんのだから、舐めたくて、しゃぶりたくて……ほんとうはもっと身体全体で愛したいけれど、あなた、男は初めてでしょう。きつい思いをさせるのは僕の流儀じゃないんで――今日は、舐めるだけです。こんなにも乱れているあなたを前にして我慢するのは僕もきついし、すごく惜しいけど……」

「あ――……あぁっ……！」

ずるぅっと肉厚の舌で全体を覆われ、もう我慢できなかった。激しい絶頂感に向井は身体をよじらせ、溜《た》めていたものをひと息に放った。

どくどくっと波打つ身体の奥から炎のような飛沫《ひまつ》がこみ上げ、伊織のくちびるを濡らす。何度も何度も噴き上げる精液をごくりと飲み干す若い男の喉元を凝視し、向井は息を切らした。口にすべき言葉はいくらでもあったはずだが、なにひとつ声にならなかった。

露骨に啜り込まれて、顔も身体も無性に熱い。

うっとりと上気した顔で、肉竿を垂れ落ちる滴を伊織は惜しむように舐め取っている。向井のほとばしりを飲むのが好きでたまらないという表情には、頭がくらくらしてくる。

「濃いな……向井さん。溜めてたんですね、たくさん出てくる……トロトロで美味しい」

「……ぅ……っ……、畜生……」

達したあとも、ゆっくり扱《しご》いてくる伊織の指に身体は敏感に反応し、ひくついてしまう。

混乱に突き落とされた向井をなだめるように、伊織が汗で額に張りついた髪を優しくかき上げてくれた。そして囁いてきた。目と目を合わせて微笑みながら。

「信じてもらえるまで何度でも言います。僕は向井さんに惹かれている。あなたの中から生まれてくる言葉で僕自身を満たして、役になりきってみたい。それだけの力があなたにはある。僕がほんとうにしたいことを、向井さんは知っていて、きっと叶《かな》えてくれる——そうでしょう？」

妄信的な言葉に寒気がする。

——脚本に惚れたからって、ここまでする奴がいるか？　異性ならともかく、同性なのにまったく臆《おく》せず近づいてくる伊織は、いったいどんな人間なんだ？

言おうとして、考え、言葉を探し、結局向井は口を閉ざした。

ここで声を荒らげて言い合いをするのは得策じゃない。

宮乃と伊織。まったく違うタイプのふたりの男に、なぜ距離を詰められたのか。自分に非はなかったかと己を誹《そし》ろうともしたけれども、伊織にまだ触れられている身体がひどく怠《だる》くて、熱っぽく、まともな思考回路が働かない。

なにか、身体の奥で眠っていた大事な鍵穴を無理やりこじ開けられたような気分だった。

油断するとぼんやり夢想してしまう。

ふとした拍子に、伊織がどんなふうに自分のいちばん弱い箇所を舌で探り当ててきたか、思い出してしまう。

あれからもう、二週間近く経《た》つのに、記憶は色鮮やかだ。

こういうとき、フリーランスの自宅仕事はつらい。会社勤めならば嫌でも他人と会話するものだ。人づきあいのうえで生まれる面倒さはもちろんあるが、その半面、誰かと話していれば気が紛《まぎ》れ、自分ひとりの悩みに深く捕らわれなくてすむという利点がある。

「甘えたこと言ってる場合じゃねえか……」

ノートパソコンを置いた丸テーブルで頬杖《ほおづえ》をつき、向井はぼんやりと窓の外を眺めていた。

今日の天気は曇り。少し蒸し暑く、湿った匂《にお》いがする。夕方になったらひと雨来るのかもしれない。

確かに衝撃的な体験ではあったが、こころまで犯されたわけではない。この業界にいれば、ああいう不埒《ふらち》ないたずらは何度か体験するものだ。

いままで幸運にも同性に好色な目を向けられなかったのは、結婚していたという事実がいちばん大きいだろう。しとやかでも、しっかりした性格の元妻はよく稽古場にも顔を出していた。おおらかな性格で、異性同性問わずに好かれて声をかけられる向井の手を強く摑むことで、向井が誰のものであるか、はっきり示していたのだ。

だが、当たり前のことだが、これから先、自分の身は自分で守っていかなければ。いい歳をした男のわりには幼稚だったかもしれない。これを機に考えを改めなければ。

「もっとしっかりしなきゃな」

自分に言い聞かせて立ち上がり、熱い紅茶を入れることにした。

昔からコーヒーより紅茶が好きだ。時間があるときはガラス製のティーポットを使って丁寧に茶葉を開かせるようにしている。

ほどよく蒸らした茶葉がふんわりと開き、馨《かぐわ》しい香りを放つ瞬間が好きだ。香りはすっきりしていながらも、軸の強い味わいのニルギリが好きで、たまに気が向くとフレーバーティーも入れる。

愛用のカップに紅茶を注ぎ、胸の奥まで香りを吸い込むと、鬱屈《うっくつ》していたものが柔らかに解《ほど》けていく。

キッチンカウンターに寄りかかり、ほっと息を吐きながら美味しい紅茶を楽しんだ。

こういう気楽さは会社勤めでは得られないものかもしれないなと、調子のいいことを考えて笑った。

つけっぱなしのテレビのチャンネルをあちこち変え、ちょうどやっていた洋画の再放送をなんとはなしに観ることにした。すでに過去観たことがあるサスペンス映画は、筋がしっかりしていて、ここぞというところで驚かせてくれる。

何度観ても飽きない話運びに感心しながら、向井は自身に迫っている仕事と向き直った。芝居の脚本を書いてみないかという打診を受け、喜んで引き受けたものの、どんな題材にするべきか迷っている。

「っていうよりも、どんな奴を書くかということだよな……」

テレビ画面を見ていても、頭の中に浮かんでくるのはあるひとりの男——研ぎ澄まされた美貌を持つ伊織のことだけだ。

——あんなに綺麗で華のある男が、どうして露骨なやり方で俺なんかを求めるんだ。俺の書く話に惚れてくれるのはありがたいけれど、身体まで重ねるのはさすがにやりすぎだろう。でも、伊織はあれを枕営業だとは言わなかった。『惹かれている』……そう何度も言っていた。俺が書く話と、俺自身に惚れているということなのか？

「……馬鹿言うな。ドラマじゃあるまいし」

苦笑いしてみたけれど、伊織を思い出すたび、鈍い熱が腰の奥でぶるっと滲《にじ》み出す。

あの日、伊織のくちびると指先に追い詰められたことで、邪《よこしま》な疼きが孕《はら》まされてしまったみたいで、考えれば考えるほど悶々《もんもん》としてしまう。

正直なことを言えば、あんな凄まじい絶頂感を味わったのは正真正銘、初めてだったのだ。性体験が薄いわけではない。離婚したパートナーや、その他数人の女性と寝てきて、不満はなかった。

向井にとって、セックスとは、好きになった相手を慈しむ行為という意味合いが大きかったから、強引に迫ったことがない。

恋人がいない時期もあったけれど、がむしゃらに自分を慰めたり、その手の店に行って欲求不満を解消したりすることもしなかった。

誰かを抱いて、その誰かからも抱き締められ、互いの胸の間で生まれる温もりに導かれて、自然と波が起こるような快感に身をゆだねる。

それが向井にとってのセックスだったのだが、伊織がその常識を根こそぎ覆してきた。

――一方的に触れてきて、痕《あと》をつけていった。あちこちに触りやがった。

瞼を閉じると、覆い被《かぶ》さってきたときの伊織の笑う顔が浮かぶ。歯並びがそろった口の中に飲み込まれていく自身の昂《たか》ぶりは、過去のどの体験とも比べものにならない。

真っ赤に濡れた舌が蛇のようにくねって巻きつく場面を思い返すと、もうだめだった。

「……くそっ……」

ひくんと反応してしまう下肢の熱を散らすようにジーンズの上から軽く触れたのが、いけなかった。

「……ッん……」

カウンターにもたれたまま前屈《まえかが》みになり、舌打ちした。

もう、前がきつい。

——あの夜のことを思い出して、何度自分でしたか。昨晩だって我慢できなくて自分で慰めた。だけど、どうやってもあのときの伊織みたいな愛撫は再現できなかった。思春期ですらこんなに飢えてなかったのに、伊織は俺になにをしたんだ?

熱くなる一方の股間《こかん》をなんとかなだめたくて、テレビに釘づけになるふりをしたけれど、じんじんとこみ上げる疼きで性器はジーンズの下で嵩《かさ》を増していくばかりだ。

昼間なのに自慰に耽《ふけ》るなんてどうかしている。

自分をきつく罵《ののし》り、もう一杯紅茶を入れて、テーブルに戻った。身体の中に爆弾を抱え込んでしまったようでぎくしゃくしてしまうが、努めて呼吸を深くし、意識を外へ外へと向けるようにすると、しだいに熱い波が引いていくのが自分でもわかる。

穏やかだったはずの性欲が異常なまでに高まっていることに危機感が募るが、風邪《かぜ》と一緒だと思えばいい。時間が過ぎればいつかこの苦しみも乗り越えられるだろう。伊織とは今後も仕事上で会うことがあるかもしれないけれど、次こそは絶対に隙を与えない。

——だけど、なかったことにはできない。

くちびるをきつく咬んで向井はノートパソコンを見つめた。伊織と身体の接触はしないと自分に強く誓っても、忘れることはできない。

どんな形であれ、あのとき感じた惑いや屈辱、そして快感を醒《さ》めた目で見つめ直し、形にして、自分の中から出さなければ壊れてしまう。

――物語にしてしまえばいい。そうすれば、あれは俺の中でフィクションになる。実際に起きた出来事だろうと、あり得ないほどの飾りつけをして文章にしてしまえば、『なんだ、こんなことだったか』と笑えるはずだ。

伊織は確かに逸材だと思う。潔癖な感じがする美貌の男が、たまに眼鏡を押し上げながらエロティックでハードな奉仕をする場面をうまく転換できれば、異性同性問わずに惹きつけられる話が書けるかもしれない。

顎を指でとんとんと軽く叩き、少し考えてからキーボードを叩き始めた。

誰も知らない仄暗い過去をいくつも持つ美しい男が、多くのひとを惑わせていく話の道筋がぼんやり浮かび上がる。

伊織をイメージして書き出すと、あっという間に話の大枠が決まりそうだ。エンディングをハッピーにするか、そうでないかはさておき、ひとが戸惑うシチュエーションをいくつも考えておきたい。

尻込みするようなトラブルは、性的なことばかりでなくてもいい。

伊織みたいに、勢いがあって頭もいい男なら、言葉だけでひとを追い詰め、唆し、犯罪にまで手を染めさせることぐらいできそうだ。

――あいつになにをさせようか。

現実の伊織をもっと偏らせて、想像上のキャラクターとして捉《とら》えると、さまざまな可能性が広がってきて興奮する。

とりあえずキャラクターを作り、おおざっぱな舞台を書き出してみた。

夢中になって書き続けていたせいか。いつの間にか洋画の再放送は終わっていて、夕方のニュースが始まる頃になって室内が薄暗くなっていることに気づき、はっと顔を上げて灯りをつけた。それとほぼ同時に、携帯電話が鳴り出す。

「……ミヤ?」

久しぶりの着信に顔をほころばせ、通話ボタンを押そうとしたところで、ふっと指が止まった。

伊織に近づくなと言われたのに、守れなかった。

宮乃に噛みつくようなキスをされたことだって忘れたわけではないのだが、衝撃に次ぐ衝撃であえて思い出そうとしなかったのだ。

——宮乃との間に起こった出来事とは比較にならない。バレたらどうする?

一瞬のうちにあれこれと考えてみたけれど、長年の友人に無下な態度は取れない。覚悟を決めて電話に出ることにした。

「もしもし、ミヤか」

『ごめん、仕事中だったか?』

気遣うような声に強張っていた頬が少し緩む。宮乃の優しさは昔から変わらない。

『最近結構バタバタしていて、連絡取れなくてさ。久しぶりにおまえとふたりでゆっくり飲みたくて。今夜、そっちに行っていいか？』

とっさに声が出なかったのを、宮乃は否定と取ったらしい。

『忙しいなら無理しなくていい。また、日をあらためよう』

「あ、いや、違うんだ。ちょっと書きかけの原稿があって……進み具合がいいから、どうしようかなと思ってたんだけど」

宮乃に伊織のことを聞かれたら、隠し通せないかもしれない。

しかし、逆に考えれば、伊織の話題が出なければ秘密を守り通せる。

いまのところ、伊織とは仕事上、なんの接点もない。彼をイメージして芝居の脚本を書き出しているが、まだ形になっていないのだし、実際にキャスティングとなったら変わる可能性は大だ。

距離を取れという宮乃のアドバイスを守ったという顔をしていれば、やり過ごせる。

バレたらまずいと思うのもほんとうだが、親友の宮乃に会って馬鹿話をし、気分転換したいというのも本心だ。

「来いよ。簡単なつまみを作って待ってるよ」

『いいのか？　仕事の邪魔をしてないか？　原稿、のってるんだろ。俺のほうはいつでも合わせられるから、無理するなよ』

「してないって。ちょうどひと区切りついたところなんだ。ミヤが好きなエビと青菜の炒《いた》め物、作ってやるよ。おまえ、あれ好きだよな」

『そういや最近食べてなかったな……。うわ、話してたら腹が減ってきた。じゃあ、夜、そっちに行くよ』

「待ってる」

くすくす笑いながら電話を切った。細やかな気遣いができる宮乃と話していると、不要な力が抜けてほっとする。伊織とはまだつき合いが浅いぶん、彼がどんな人物か摑めていなくて、気を張っている時間がどうしても多くなる。

——とりあえず、今夜は伊織のことは忘れよう。

夜には来てくれるという宮乃にくつろいでもらうため、向井はリビングをざっと掃除し、食材を調達するためにスーパーへと出かけることにした。


「うん、向井の作るつまみはどこよりうまい」

「そう言ってくれると作りがいあるよ」

スーパーで刺身用のさんまが安く売っていたので、カイワレ大根とみょうが、大葉を刻んで白ごまを混ぜ合わせたつまみを、宮乃は美味しそうに頰張っている。

続いて彼の好きなエビと青菜の炒め物を熱々で出し、いい感じに冷えた白ワインを冷蔵庫から取り出した。宮乃の手土産だ。抜栓は宮乃がうまいので頼むことにした。

「やっぱり、おまえんところがいちばんくつろぐな」

グラスに注いだワインを飲み干す宮乃に、「ありがとな」と微笑んだ。

今期はテレビドラマの主演、来期は映画の主演と忙しい宮乃は日々仕事に追われている。今日もドラマ撮りの帰りで、チャコールグレイのパーカとジーンズというシンプルな格好だが、名実ともに熟成した芸能人らしいオーラを纏っている。

「……充実した顔してんなぁ、ミヤ。いい仕事してるんだな」

ソファに隣り合って座り、凛《りん》と男らしく整った顔、引き締まった体軀を眺めた。長身にふさわしく手足が大きい宮乃が華奢《きゃしゃ》なワイングラスを持っているところは、思わずカメラで撮りたくなるほど決まっている。

軽く脚を投げ出し、リラックスした表情の宮乃を表に出したら、うっとりする女性はいまよりもっと増えるだろう。

『こんなふうになってみたい』と男性の憧憬《しょうけい》も掻《か》き立てるに違いない。

「格好いいよ、ミヤは。素で会っていてもこれだけ魅力があるんだから、役を演じさせたらもっと輝くんだろうな」

「向井に言われると照れるな」

「役者はミヤの天職だ。いまのドラマが終わったら少し休めそうなのか?」

「うーん……どうかな。事務所は休んでもいいって言ってるんだけど、俺自身、あまり長期のオフを取るつもりはないんだ。なんていうか、仕事からあまり長く離れすぎると現場の空気を忘れてしまうだろ。いまちょっといいなと思ってる脚本家がいてさ……。今度、芝居をやるらしいんだ。端役でもいいから芝居に出たくて、オーディションを受けようと思ってる」

「身体壊すなよ。でも、楽しみにしてる」

仕事熱心な親友に笑いかけると、「そうだ」と宮乃がバッグからDVDを取り出した。

「向井にも観てほしい。その脚本家が書いた最新のドラマ、すごくいいんだ。一緒に見ようと思って、DVDに落としてきたんだ」

「へえ、同業者としては興味あるな。観よう観よう」

DVDレコーダーを起動させると、テレビ画面にCMが流れ出す。

仕事柄、テレビはしょっちゅう見るし、欠かせない道具だから、一昨年《おととし》、奮発して大画面の液晶型に買い換えた。

保険のCM、洗剤のCMと続く間に宮乃がワインを注ぎ足してくれる。画面が切り替わり、真っ暗になった。

宮乃のこころを射止めたという脚本家が誰なのか、どんな話なのかと期待しながらワインを啜っていると、掠れた物音が聞こえてきた。

「ん？」

相変わらず画面にはなにも映っていない。身を乗り出す向井の隣で、宮乃はゆったりと脚を組んでいた。

ザッと画面にノイズが走った。

目を凝らした次に、信じられないものが映った。

『実際に会ってみたらあなたは想像以上に気さくで、穏やかで、聞き上手で……それと、声が、すごくいい』

『……っ……ぁ……だめだ、そんな、——触る、な……』

熱っぽい言葉を囁く若い男が、同性にのしかかり、淫猥《いんわい》に下肢をまさぐっている。

声も、映像も鮮明だ。

まばたきするのも忘れた。

組み敷かれている年上の男は、間違いなく自分自身だ。そして、熱心な愛撫を施すのがいま人気急上昇中の若手俳優、伊織柳だというのは誰が見てもわかるアングルだ。

心臓が狂ったように踊り出す。口の中がからからで、声が出ない。

「……な、……」

なぜ、どうして、あの夜のことがＤＶＤに映っているのか。

「伊織に近づいたらいけないと言っただろう。どうして約束を破った？」

優しく肩を摑んでくる宮乃に絶句し、何度も口を開いては閉じた。全身の血が逆流していく錯覚に陥る。ワイングラスを摑んでいる指先がちりちりと焦げそうなほどに熱い。

「――俺が心底惚れている脚本家の最新作だ。まさか、ここまでやられるとは思っていなかったから、さすがにショックだな」

「……なんで、おまえ……なんで、こんな映像を持ってるんだ」

「伊織がおまえに目をつけていると聞いた日から、ずっと警戒していたんだ。伊織が行く店はたいてい俺も知っている。万が一のために、あいつの行く先々に隠しカメラを取りつけさせてもらった。――だめだろう、向井？」

抑揚のない声で言い、ワインを最後まで飲み干した宮乃が背後からそっと抱き締めてきて、向井のシャツをたくし上げる。ジーンズから引っ張り出されたシャツの裾《すそ》が、早くも汗ばむ臍のあたりをひらっと掠めていく。

素肌を這う骨張った手の感触に息を深く吸い込んだ。いったい、なにが始まるのかまったく想像がつかなかった。

「こんなふうに弄《いじ》られるなんてだめだろう？　向井は隙がありすぎるんだよ。……俺が守ってやらないと」

「……ッ……！　や、め……っ」

両の乳首をやんわりとこねられ、甘苦しい刺激が走り抜けることに向井は驚き、強く身体をよじった。

猛然と暴れ、思いきり両手で宮乃を突き飛ばした――はずなのに、伸ばした手には力が入らず、宮乃の胸にすがる形になってしまう。

「誰がこの身体に触らせていいと言った?」

「……ぁ、……!」

右、左と、緩急をつけて乳首を揉み込まれながら首筋に舌を這わされると、全身が震えた。

痛みのせいじゃない。痺れるほどに気持ちいいからだ。

普段の生活ではほとんど意識しない場所を指でつままれて扱かれるむず痒さに、息が浅くなっていく。

風呂《ふろ》に入るときだって、着替えているときだって、ことさら胸を意識したことはない。漠然と、『どうして男に胸なんかあるんだろう』と考えたことはある。女性なら、いつか生まれてくる子どものためだと考えられるが、男に乳腺《にゆうせん》などない。乳首も、あってもなくても意味はないと思っていた。

なのに、宮乃は平らかな胸にある突起を主張させるように、コリコリと弄り回してくる。

キュッとひねられ、強く揉み潰すようにされて向井が息を荒らげると、今度は空気を掻き混ぜるみたいに乳首の先端だけをそっと撫で回してくる。

ひくん、と肉芽が勃ち、少しずつ宮乃の愛撫に応えていく。

長い指先がめり込む快感に声を漏らしてしまいそうで怖い。

意識をそらさなければと思うのに、身体全体で宮乃にもたれかかってしまい、指一本すら満足に動かせない。

「やめろ、……なに、したんだ、ミヤ、……な、んか、おか、しい……」

呂律《ろれつ》の回らない向井の耳朶《じだ》をこりっと咬みながら、宮乃は可笑しそうに笑う。

「おまえにつらい思いをさせたくないから、ワインに薬を混ぜたんだ。副作用のない催淫剤だ。効いたようだな」

「くす、り、……」

「向井には一切痛い思いをさせない。おまえがこれから味わうのは快感だけだ」

芝居の台詞みたいに、さらりと言われた言葉が意識に浸透しない。だけど、身体は違う。優しく、だけどたまに戒めのように強くねじられるたびに、四肢が跳ねるほどの甘い痺れが全身を走り抜ける。

「つ……っ……」

「胸なんか、舐められたことないだろう。弄られたこともなさそうだな、向井のここ……色が薄くて可愛いな。俺が舐めてやろう。気持ちよくしてやる」

痛いぐらいに乳首を引っ張られて呻くと、身体の位置を変えて覆い被さってきた宮乃にそこをぺろりと舐《ねぶ》られた。

「……っ……ぁ……！」

全身がざわつくほどの快感に、気が違ってしまいそうだ。舌先で乳首を擦り立て、舐めしゃぶる男の頭を摑んで引き離そうとしても、無理だ。ちゅく、と音を立てて吸われることで硬くしこる乳首は物憂い疼きを孕み、男に弄られやすいように、ふっくらと乳暈《にゅううん》が盛り上がっていく。

指でせり上げられることにも屈辱を感じたが、ちいさく尖った先端を軽く食まれる愉悦に腰がずり上がり、ますます身体とこころを遠く引き離していく。

乳首を咬まれるだけなら痛いとしか思わなかっただろう。馬鹿なことをするんじゃないと怒っていたはずだ。

だが、のしかかってくる宮乃が狡《ずる》い感じで腰を擦りつけてくるせいで、性器にも鈍い刺激が届く。

『……もう、やめてくれ、頼む、このままじゃ……』

『僕の口の中で……』

画面から聞こえる荒い息遣いを遮るように、宮乃が切なそうな顔で頬擦りしてきた。

「伊織よりずっとよくしてやる。あんな経験値の足りない奴のすることなんかたかがしれてるだろう？　おまえを本気で感じさせてやれるのは俺しかいないんだ、向井」

気が狂ったのかと宮乃を罵倒《ばとう》したかった。

いままでのつき合いはなんだったのか。いつ、なにをきっかけにして自分などに劣情を抱くようになったのか。薬さえ盛られていなければ、驚きながらも、複雑な宮乃の胸の裡を聞き出そうとしていたはずだ。

執拗に乳首を吸われながら下肢にも断続的に刺激が与えられることで、いつしか、胸を弄られる心地好さと性器を嬲られる快感が直結し、平らな肌にふうっと吐息を吹きかけられただけで汗が滲み出す。

宮乃はどんな薬を混入したというのか。身体はいうことをきかないけれども、ひどく敏感になっている。

それでも一片の理性にすがりたくて、向井は息も切れ切れに必死に訴えた。

「俺と、……ミヤは、友だち、……じゃない、か……」

「俺は、おまえを友だちだと思ったことはない」

心臓を強く蹴《け》り上げられるような言葉に、目を見開いた。

友だちじゃなかったら、どんな目で見ていたというのだ。

「……言い方が悪かったかもしれない。俺はおまえが好きで好きでたまらなかった。誰にも奪われたくなくて、ずっとそばにいたかったから、友だちのふりをしてきたんだ」

「……友だちの、ふり……」

「出会った頃は当たり前の友情を持っていたよ。でも、おまえがあんまりにもいい奴で……俺のこころを理解してくれる唯一の人物で……結婚はぎりぎり許したんだ。俺の気持ち、わかるな？　わからないなら何度でも言う。向井を女に奪われる可能性はずっと考えていた……でも、おまえはまたひとりに戻っただろう？　伊織のことさえなければ俺はおまえのいちばんの友だちでいたかったよ。でも、もう無理だ。おまえを抱きたくてたまらない。伊織には渡さない。おまえは俺のものだろう？　向井」

少しの間も離したくないというしつこさで舌先をわざとのぞかせながら乳首をちろちろと舐り、宮乃の視線がきつく射貫いてくる。

温厚な友人の瞳に紛れもない欲情と怒り、そしてありとあらゆる感情を押し潰すような執着心を見つけて、震えが止まらない。

「ずっと前からそうだ。女におまえがさらわれたときはなんとか自分を抑えたが……男はだめだ。伊織にも他の奴にも触らせない。もっと前におまえを犯しておけばよかった」

「ミヤ……！」

ぎょっとするような言葉を静かに囁く宮乃に抱き上げられ、精一杯暴れたのだが、易々《やすやす》と押さえ込まれ、寝室に運び込まれた。

薄闇の中、ベッドに落とされて、身をよじることもできずにいた。リビングに置いていたバッグを持って宮乃が引き返してくる。

それから断りもなく向井の身体を跨《また》ぎ、余裕に満ちた様子で自分のシャツのボタンを外すのを間近に見て、――こいつにいまから抱かれる、犯されるのだという事実をようやく飲み込んだ。飲み込んだからといって、受け入れられるわけではない。向井の服もすべて脱がされた。

「伊織はおまえに触れただけだったな。全部を明け渡したわけじゃないことはあのＤＶＤで何度も確認した。向井、おまえにとっての初めての男は、俺だ」

「……やめろ、嫌だ、やめてくれ、俺は……」

宮乃の逞《たくま》しい胸板、軽く割れた腹筋が視界に飛び込んできて、いまここで気絶できたらどんなにいいかと思う。

「薬、ちゃんと効いてるみたいだな。おまえの肌が熱くなってる」

宮乃が胸に手をあてがいながら顔をのぞき込んできた。

「おまえの全部を舐めてやるよ、向井。舐めて、全部触って……どれだけ長いことおまえが欲しかったか、わかるか？　たっぷり解《ほぐ》してやる。これが最初だって思えないぐらいよがらせてやるから、俺のものになるんだ。いいな？　おまえが俺を欲しがって欲しがってわめき出す頃になったら、挿《い》れてやる。最後はおまえの中に出してやるからな」

とんでもない言葉の数々を理解できるわけがなかった。上擦った声の宮乃がなにを言っているのかさっぱりわからない。

宮乃がバッグの中身をベッドにぶちまけた。視線だけ動かして、なにが散らばったのかと一目見て青ざめた。

半透明のボトルに、幅広の布。手錠。小型のビデオカメラ。アイマスク。グロテスクな男の形を模したバイブレーター。

宮乃はベッドの足元に椅子を引っ張ってきて、その上にビデオカメラをセットした。

行為の一部始終を撮るつもりらしい。

「……ミヤ、……なに……」

なにするつもりなんだとこの期に及んでもまだ問い詰めたいという気力は消えなかった。言いなりになるのだけは許せなかった。

なのに、下肢を覆う淫猥な感触に声が掠れてしまう。

「……ん――ぁ……っ……」

ボトルに入ったトロリとした生温かい液体を性器に塗りたくられ、扱かれる悦楽に腰がふわっと浮き上がりそうだ。ローションだろうか。

これにも、なにか妙な成分が混じっているのかもしれない。肌に触れた瞬間、そこがじわっと火照る。

「こんな形をしていたんだな、向井のここ。俺の手にしっくりはまる、いい形だ。数えきれないぐらい一緒に風呂に入ったよな。そのたび、俺がどんな思いでおまえの身体を見てきたか、わかるか？　触りたくて触りたくて……実際に舐めてみたらどうなるんだろうって……頭の中で繰り返し向井を犯してきたんだ……いいな、陰嚢もこりこりして蜜《みつ》がいっぱい溜まってそうだ……向井があんまり性的なことに興味がないのは知ってる。でもそれは女を相手にしていたからだ。おまえは相手を間違っていたんだよ。本気で感じさせてやれるのは俺しかいないとずっと思っていたんだ」

「……あっ……あっ……あっ……」

分厚い手のひらにくるみ込まれた性器はぎちぎちに張り詰めて上向き、陰嚢も痛いほどにしこっている。

伊織に触れられたときは戸惑いと快感がじわりと肌に染み込んでいったが、今夜は違う。向井の意思がまったく関与しないところで猛々しい欲情が暴走している。

薬の成分が全身に行き届いたせいか、濡れそぼるペニスからは絶え間なく愛液が垂れ落ちていく。

その滴に混ざった媚薬《びやく》が太腿や窄《すぼ》まりまで濡らし、どんなに抗っても身体の奥が疼いてしまうことに歯噛みした。

親友の手ひどい仕打ちに油断すると涙が溢れそうだったが、泣いたらすべてが終わる。ところまでは屈したくないと向井は必死にくちびるを噛み、声を殺した。

「……ッ、見るな……っ……」

膝頭を摑まれ、両脚を大きく開かされた。硬く勃起しているペニスの奥、狭い窄まりの周囲を宮乃の指が這い出す。

ローションを馴染《なじ》ませようとしているのだろう。ゆっくりと指の腹で孔《あな》の周りをなぞられることを繰り返されると、しだいにそこが開いていき、卑猥な収縮を始める。

まるで、宮乃の指を誘い込むかのように。

「ミヤ……、ミヤ……」

頼むからどうかやめてくれと言いたいのに、ひくつく孔をこじ開けるような慎重な指先にどんどん声が掠れていく。

第一関節を咥え込むだけでも臓腑《ぞうふ》がねじれるようだったが、宮乃の指はぴったりとはまり込んでいる。

誰にも明け渡したことのない場所を触れられ、奇妙なむず痒さや当たり前の嫌悪感、圧迫感を覚えるそばで、もうどうにもならない考えが頭の真ん中を占めていた。

——指、挿れられたらどうなるんだろう……。まさか、宮乃自身が挿ってきたら？

「男を知らない身体だな……硬く締まっている。最初は変な感じがするだろう？　それでいいんだ、向井。それが当たり前の感覚だ。男なのに尻の孔を弄られていきなり感じるわけがない——でも、こうしたら、どうだ？」

「……あ、っ……！」

緩く開いた孔の中に、ぬるりと指が上向きに侵入してきた。

開いた、と感じたのは入り口だけで、中から奥にかけてはまだきつく締まっている。けれど、根元まで埋め込まれた指が抜き差しを始めると、それまで凝っていた感覚が一気に弾けた。

身悶えて、向井は身体の中で爆発し続ける快感をどうにかしようと躍起になった。

「ん、っ、あぁっ……嫌だ、やめ、ろ……そこ……っ擦る、な……」

「覚えておけ。ここが向井の感じるところだ。俺の指で前立腺がふっくら腫《は》れるまで擦ってやる。……いいな、おまえの中、熱く湿って俺の指に吸いついてくる……最高の締まり具合だ。挿れるのが楽しみだよ」

あ、あ、と声にならない声を上げて身体をしならせる向井に宮乃が覆い被さってきて、ぐちゅぐちゅと指を挿入し、孔をほころばせていく。

男の指を初めて感じ取った肉襞《にくひだ》は貪欲《どんよく》に蠢き、たどたどしくも宮乃の愛撫にしゃぶりつこうとしているのが自分でもわかる。

それがたまらなく悔しかった。

意識ははっきりしているのに身体が思うようにならないなんてひどすぎる。

屈辱を感じながら親友に犯され、身体だけが昂ぶっていくことは許しがたいのに——「ここに、俺のものが挿ったらどうなると思う?」と囁かれながら宮乃の雄々しい性器を握らされ、息が止まるほどの不安と期待に、ただもう喘ぐだけだ。

宮乃が言うとおり、過去、何度も一緒に風呂に入ったことがあるし、隣り合ってシャワーを浴びたこともある親友のそれは性的に興奮すると、ここまで大きくなるのだと初めて知った。ぬうっと反り返る巨根はどくどくと脈打ち、同じ男である向井のいちばん柔らかで過敏な部分を犯すために血管を太くさせていた。剝けきった先端はエラが大きく張り出している。

「ミヤ……！」

窄まりを犯しながらも性器を扱かれ、我慢できずに身体を震わせて吐精してしまった。

根元をギュッと摑まれながらの射精は狂おしく、出しても出しても身体の震えが止まらず、飢えた感じがずっとしている。

「指……ゆび……抜いて、くれ……だめだ……そんなに……強く擦ったら……ッあぁ……」

「腰が揺れてるじゃないか」

こころはブレーキをかけたいが、身体が暴走してしまっている。

ふっと笑った宮乃が、今度ははっきりとした快感を刻むように意図的に指を激しくねじり挿れてくる。蕩けきった孔は男の愛撫を悦《よろこ》んで受け入れ、涎《よだれ》を垂らす始末だ。

少しめくれた縁を爪《つめ》でカリカリと引っ搔かれる快感に喘いだ。

そこがとてもいい。もっと擦って、抉《えぐ》り込むようにしてほしいと浅ましい願いを抱くのはほんとうに自分なのか。

指を抜いても物欲しげにひくひくっとわななく孔をじっくりとのぞき込んでくる宮乃が満足したように笑う。

そこがどんな様子なのか見なくてもわかる。

初めて弄られたことで淡く充血しているが、宮乃の侵入を待ちきれずに開いたり閉じたりしているのだろう。

一度も感じたことのない欠乏感に襲われ、「頼む、やめてくれ」と消え入りそうな声で繰り返し懇願したが、男の硬い性器で孔の奥まで擦られるだろう見知らぬ快感が向井の未来のすべてを塞いでいた。

友情も、信頼も、なにもかもが壊れようとしていた。

「そろそろいいだろうな。俺のは大きくて太いから、少し苦しいかもしれない……でも、一度奥まではまったら、抜かないでくれと言うはずだ、絶対にな」

相変わらず声のどこかが上擦った宮乃が、湿った太腿の根元から持ち上げて、漲《みなぎ》った男根を押し当ててきた。

時間をかけて蕩かされた孔は凶器の先端をヌプッと咥え込んだだけで淫らにわななき、内側に引き込もうと懸命になる。

「……っぁ……！」

最後の最後で全身を強張らせて侵入を阻んだつもりでも、あまりに激しい剛直が柔肉に突き込んできて、声にならなかった。

「……ッ、あ……ッ……」

狭い孔の奥までみっしりとはめ込んでくる宮乃の額にも汗が浮かんでいる。

指と比べものにならないぐらいの質量と熱に意識が飛びそうだ。

すべてを飲み込むまで時間がかかる。薬のせいで痛みはなかったけれど、想像以上に大きなものを咥え込まされて、裂けてしまいそうだ。

悲鳴のような喘ぎを漏らす向井の中を猛々《たけだけ》しい肉棒が犯してきた。互いの陰嚢がぶつかって擦れる頃になって、やっと宮乃が笑いかけてきた。

「……全部、挿った。向井、わかるか？　夢が叶ったんだ。長いこといちばんの親友だったおまえの身体の中に俺の性器が根元まで挿ってるんだ……すごいな、想像してたよりも濡れていて締めつける……動くぞ」

「……ッぁん、ぁ……！」

ずるぅっと抜かれて、快感のすべてを引きずり出されるような動きに目を瞠った。

大きく張り出したカリで縁のところを散々擦られる快さに啜り泣いてしまう。疼いて疼いてどうしようもない孔が、宮乃自身に埋めてほしくて勝手にひくついてしまう。

「……いやらしい身体だ」

「……っ……」

くくっと笑う声に打ちのめされた。頭の中まで焼け火箸《ひばし》に串刺《くしざ》しにされているようで、じっとしていることもできない身体を、『いやらしい』と一言で評されて、反論できなかった。怪しい薬を使われたのだとしても、自制心がもっとしっかりしていれば身体は反応しなかったのではないか。

つかの間ゆるんだ媚肉をぐぐっと抉り上げ、奥に向かうにつれて締まっていく快感を貪るべく、宮乃が大きく腰を使ってくる。息をつく暇もない抽挿に、粘膜がぎりぎりまで拡げられ、宮乃の底なしの欲望に応えようとますます潤んで硬い肉芯をいかがわしく包み込む。

擦られすぎて腫れぼったい前立腺を、宮乃の滾《たぎ》った雄が掠めていく瞬間がたまらなかった。

「おまえを抱いている男が誰なのか、ちゃんと理解しろ」

じゅぽ、ぬちゅ、と淫らな音を立てながら抉ってくる宮乃に片手を取られ、無理やり背中に持っていかれた。

「俺の背中に手を回してすがりつくんだ。向井、おまえを犯しているのは宮乃亘、この俺だ。いいか？　絶対に忘れるな。夢の中でも俺に犯されるんだ。この硬さはおまえの好みに合ってるか？　熱いのは好きか？　……いい、たまらないな……その感じやすい顔も、きつい締めつけも俺だけのものにしてやる……何度もおまえの中に出してやるよ……最初に射精されるのが親友の俺でよかったな、向井？　いちばん濃い味を味わわせてやるからな」

理性を振り切った宮乃が激しく突いてきて、もうなにも考えられなかった。

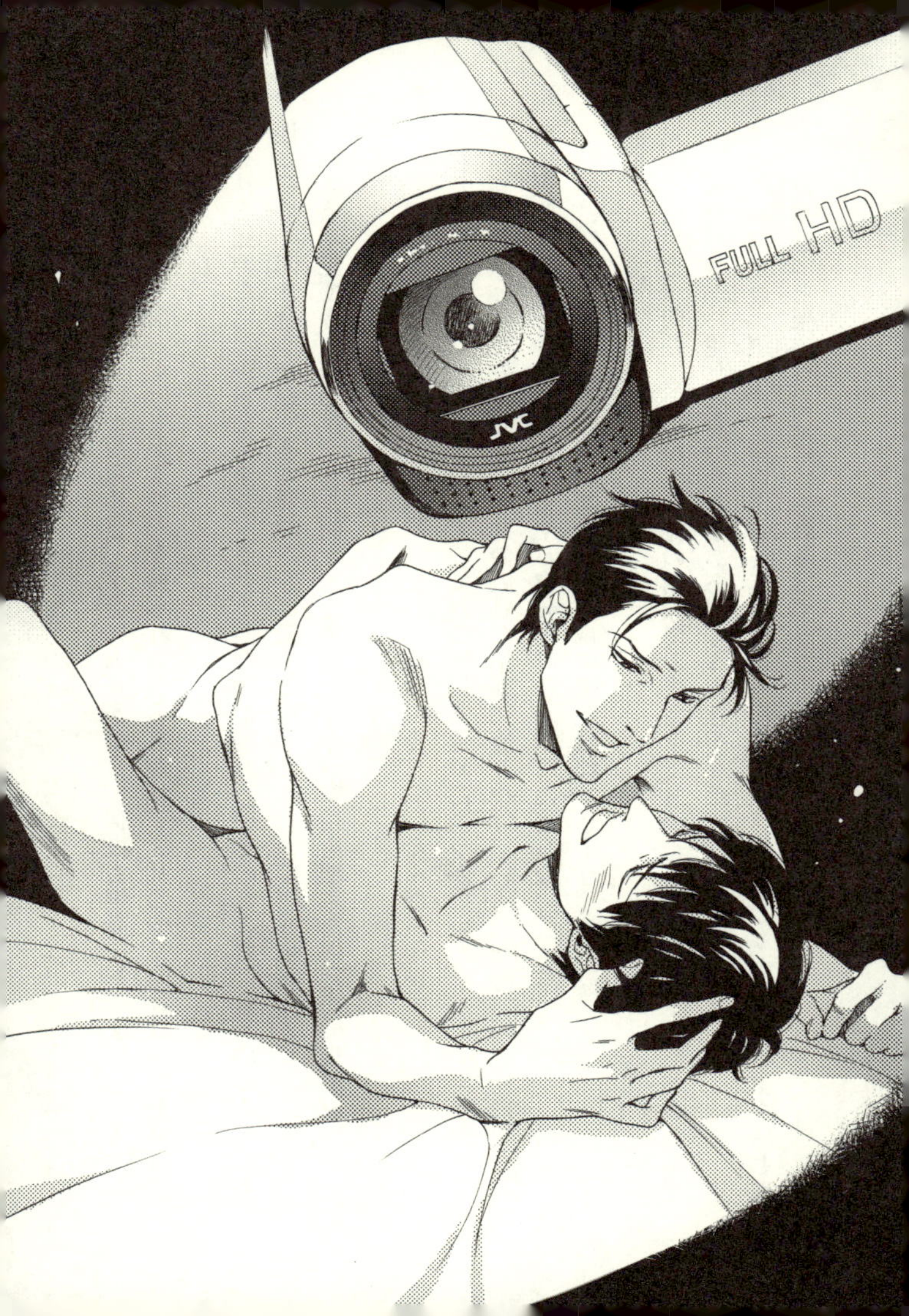
FULL HD
JVC

彼の動きに合わせて腰が揺らめき、全身に火花が散り、何度も爆発を起こす。また力を取り戻しかけている性器を握られながら貫かれ、混乱の中で向井は声もなく再び絶頂に達した。

それを知った宮乃が舌なめずりする。本能だけで動く野獣そのものだ。宮乃の凄《すご》みある本性と初めて向き合ったが、その骨っぽさと狂気にはどうしたって引きずられる。いままで見てきた宮乃は、作り物だったのだろうか。友情を壊さないための仮面をつけていたのか。

——伊織とのことがなかったら、いまも宮乃は我慢していたんだろうか。

宮乃が頬擦りしながら腰を振り立ててきた。反り返ったエラがいいところに引っかかる。ぬちゅぬちゅとした先走りを、向井の敏感な粘膜に擦りつけていく。初めてのくせに、一人前に火照って男を受け入れようとする自分の身体が嫌でたまらない。

執拗に突き上げられた肉洞が潤み、無意識に腰が揺れてしまう。

「……ん……っ……あぁっ……ッ……ミヤ……」

「中に出すぞ、向井。いいな？　俺の精液でおまえをぐちゃぐちゃにしてやりたかったんだ……ずっと昔から犯したかった……ああ、もういきそうだ」

己の欲望を最大限にまで膨らませて音を響かせながら抜き挿ししてくる男の本気を感じ取り、肌がざっと粟立《あわだ》つが、逃げられるはずもない。

最奥でぐりぐりっと亀頭を擦りつけられたかと思ったら、先端の割れ目が開いてどろっとした多量のほとばしりを放ってきた。

「……っ、ぁ、ミヤ……！」

最初から受け止めきれないほどの量だった。

摩擦されきった襞がぐっしょりと濡れ、尻のあわいにもぬるりと零れ落ちていく。

——熱い、中が重くて、熱い。

初めて味わう感覚にぎりぎりと宮乃の背中に爪を立てた。宮乃の濃い精子を飲み込んだアナルがいやらしくひくつき、ずしりと重たくなる。

女なら一度で孕んでしまいそうな危険な熱量だ。

「——中、……、に、出す、なんて——……」

「まだだ、まだ……おまえの中に全部出してやる……次も、その次も、その次も、全部おまえのものだ。好きなんだ、向井。ずっと昔から俺にとってはおまえだけだった。誰にもやれない……頼む、おまえを何度でもいかせてやるから、俺を受け入れてくれ、はねつけるな。俺を愛してくれ」

大胆な行動で向井を振り回す男の深い囁きに、意識がちぎれ出していく。

まだ射精を続けている宮乃の持つ深淵に沈んでいくようだった。

——こんなことをして、愛してほしいなんて言うのか。いままで俺とミヤは親友だったじゃないか。どうして俺がおまえのもので濡らされなきゃいけないんだ？

宮乃のやり方は卑怯すぎる。

暴れないようにと念を入れるためか、ひんやりした手錠で拘束され、力の入らない四肢を起こされて四つん這いにさせられた。

息を切らした宮乃が、うしろから腰を摑んでくる。

「……っ……ん……ッ……はぁ……」

一度達してもなお凶暴にそそり勃つ雄がずぷりと深くねじり刺さってきた。すでに精液でしとどに濡らされているアナルは宮乃の巨根を嫌々ながらもなんとか受け入れ、もう逃げられないとわかると一転して美味しそうにしゃぶってしまう。

「……俺の精液が溢れ出してる……向井、可愛いな。初めてなのに俺を必死に受け入れようとしてくれているんだな」

宮乃が自分のものをしっかりと収めた結合部を親指でぐるりとなぞってきた。その鮮烈な感触に腰が落ちそうだ。

宮乃はけっして気が触れたわけではない。だけど、一線を飛び越えてしまった。

――自分の身体じゃないみたいだ。変えられてしまう。こんな刺激を味わったら二度と忘れられなくなる。

ビデオカメラの無機質なレンズと向き合う格好を取らされて、力なくシーツを掻きむしった。手錠を繋《つな》ぐ鎖がガシャリと跳ねる音を、夢の中でも聞きそうだ。

顔を背けようとどうしようと、この痴態が刻々と記録されていることを考えると、憤りと、説明のつかないもどかしさで意識が沸騰し、宮乃への憎悪が高まっていく。

だけど、そんな男に骨まで愛され、ぐずぐずになっているのも事実だ。

「俺を拒まないでくれ、向井……俺にはおまえだけなんだ。愛してくれ」

獰猛《どうもう》な行為とは裏腹の、懇願するような声に返事はできなかったけれど、潤む身体を明け渡してしまうことが答えそのものになっているのではないか。

——こころからおまえを憎めたらいいのに。おまえと友だちじゃなかったら。最初からおまえが嫌な奴だったらどんなによかったか。

再び動き出した宮乃が、今度は違う角度からじっくりと犯してくる。

炙り出されるような快感に、掠れた声が止まらない。

シーツを摑む指先まで熱く痺れていた。

この身体が誰のものなのか、いま一瞬はなにも考えたくない。

目覚めは唐突にやってきた。

「……向井さん、……向井さん?」

頬を軽く叩かれることに顔をしかめ、向井は引《ひ》き攣《つ》れるような瞼を開いた。

「……伊織?」

ぼんやりする意識で、心配そうな伊織の顔を見つめた。清潔な白いシャツに色褪《いろあ》せたジーンズというラフな格好だ。

「どうしておまえが……?」

そのときまだ意識の半分は眠りの中にあり、まともな考えができなかった。

伊織が気まずそうに瞼を伏せ、「外しますね」と言う。

状況が把握できず、なんのことだと問いかける寸前、顔が強張った。両手を頭上で拘束されていたのだ。それも手錠で。痺れていたから気づかなかった。

金属の跳ねる音を他人事《ひとごと》のように聞き、茫然自失している向井の両腕をそっと下ろし、血の巡りがよくなるよう伊織が優しく擦ってくれた。

「……向井さん、不用心ですよ。玄関の鍵、開けっ放しだった。ここしばらくあなたに会えなくてつらかったから、事務所に住所を教えてもらったんです。ですぎたことをしているのはわかってる。でも、一目会えればいいなと思って。勝手に入ってしまってすみません。でもまさか、こんなことになっているとは思わなくて……」

ベッドの縁に座る伊織が、腕、そして指先までをゆっくりとマッサージしてくれることで、少しずつ温かみが戻ってくる。

「起き上がれますか？　シャワーを浴びるか、お風呂に入ったほうがいいかもしれません」

気遣う言葉にぎょっとして自分の身体を見下ろした。

宮乃の姿はどこにもなかった。ビデオカメラやローションのボトルも消えている。強引に奪い尽くした向井がどこにも行かないように手錠で拘束し、仕事に向かったのだろう。

幸い、下肢はきちんと毛布で覆われていた。ぬるついた感覚がないことからも、宮乃が後始末をしてくれたのはわかる。けれど、汗と精液の匂いが部屋中にこもっている。

誰と、どんな異常な交わりをしていたのかと伊織に勘ぐられないだろうか。こんな激しい交わりは女性ともしたことがない。

「これは、その――」

陵辱を受けた身体を見られたのかと焦り、伊織の助けを借りてなんとか身体を起こした。

「……なんでもないんだ、忘れてくれ、見なかったことにしてくれ」

無理だとわかっていながらも切羽詰まった声の向井に、伊織がじっと見つめてくる。

「……わかりました。シャワー、手伝いましょうか？」

「いい。ひとりで大丈夫だ」

ふらつく足取りで浴室に向かう間も、用心して毛布をきつく身体中に巻きつけた。

一歩踏み出すごとに、両脚の奥からとろっとぬるい残滓《ざんし》が伝い落ちてくる。

——宮乃の残したものだ。

奥歯を嚙み締めて、熱いシャワーを頭から浴びた。火傷しそうな飛沫が肌を叩くたび、タフな宮乃がどれだけの痕を残していったかまざまざと蘇ってしまう。

——何度も何度も中で出された。気を失うことも許されなかった。朝になって、『仕事があるから、また来る』とあいつは俺の中にたっぷり出していった。あれから何時間経った？　宮乃はほんとうにまた来るのか？　宮乃に犯された事実を伊織は知ってしまったのか？

スポンジで全身をくまなく洗い、髪も三度洗った。

全身に染みついてしまったような宮乃の香りを時間をかけて洗い流し、ようやく外に出ると、洗面台に新しいタオルが置かれていた。伊織が用意してくれたようだ。

彼は室内にいるのだろう。用心しながら全身を拭き、まだ怠《だる》い下肢を庇《かば》って寝室に向かったが、伊織はいない。

新しい下着とシャツ、ジーンズを身につけてから、さっきとはなにかが違う室内を見回すと、カーテンも窓も開いていた。こもった空気が一掃され、梅雨《つゆ》晴れの爽やかな風が室内を満たしている。

短時間のうちに、伊織は枕カバーもシーツも毛布も取り替えたらしい。

ちょうど昨日、新しいシーツ類に替えようと思っていたところで、寝室の隅に置いていたスペアを見つけたのだろう。

余計なことをすると呪《のろ》うより、――助かった、という気持ちのほうが大きい。

闇から闇へと続く時間がこの寝室にあったのだと思い返すだけで身震いがする。

身体もベッドも綺麗になったが、胸はざわめいたままだ。

「向井さん」

背後から声をかけられて振り向くと、伊織がミネラルウォーターのペットボトルを差し出している。

「喉、乾いてませんか。外の自販機で買ってきました」

「……ありがとう」

事前にキャップが開いていないことを確かめてから、二口、三口慎重に飲んでみた。

なにも混ざっていない、普通の水だとわかると、そのまま一気に飲み干した。

ぎりぎりまで乾いておかしくなる寸前だった身体が少しの潤いで救われると同時に、理性も舞い戻ってくる。

「……外、出ないか？　あまり遠くは行けねえけど……ちょっと、ここには……」

いたくないという気持ちを察したのか、伊織が頷く。それから、なにごともなかったような笑顔を向けてきた。

「出かけましょう。外、晴れていて気持ちいいですよ」

遠くへは行けないけれど、どこへ行けばいいのかあてがない向井に代わって、伊織がタクシーを止めてくれた。

「夏服、見ませんか？　行きつけのセレクトショップはあまりひとも来ないし、お茶も飲めるんですよ」

「服、か」

着飾ることに興味はないけれど、今日はいつもとまったく違う環境にいたほうがいいかもしれない。町中をぶらぶら歩く気分でもないし、映画を観る気分でもない。

——宮乃の姿をスクリーンの中に見つけてしまうかもしれない。それだけでたぶん、いまの俺は取り乱してしまう。

わかったと返事をすると、タクシーは騒がしい都心の中央へと向かっていく。

伊織のお薦めの店は大通りからずいぶん離れたところにあるようだ。外苑前《がいえんまえ》の静かな裏通りに車を停《と》めてもらい、アンティークな扉と大きな飾り窓が綺麗な店に入った。

外から見るより中はずっと広い。古いビルをリノベーションしたのだろう。天井が高く、爽やかな陽光がふんだんに取り込めるよう、丸や四角、三角といろんな形の窓があるのがおもしろい。

「伊織さん、いらっしゃいませ。ちょうど新作が入荷したばかりで、お電話しようと思っていたところなんですよ」

すぐに店の奥から若い男が笑顔で出てくる。三十代になったかならないかという細身の男性はにこやかな対応で、初対面の向井にも明るい笑みを向けてきた。

「どんなのですか？」

「リネンのシャツです。カラーも豊富でお薦めですよ。あと、ストールが何本か。帽子やサングラスの小物類も入ってきました。よかったら、奥のソファにどうぞ」

「座りましょう、向井さん。なにか飲み物もらいましょう」

「……じゃあ、アイスティーを。すみません、来たばかりなのに」

恐縮する向井に、店員は「いえいえ」と気さくに言う。

売り場の奥にある扉を開くと、一回りちいさな部屋があった。

素足で歩いても気持ちよさそうなシャギーのラグマットが敷かれ、ソファとテーブル、それにハンガーラックが置かれている。

大切な顧客のための部屋なのだろう。この部屋にも窓があり、外からの陽《ひ》が入ってくる。

そのことにほっとし、ソファに腰掛けた。

いまは、閉ざされた部屋にはいたくない。

いつもよりガムシロップを多めに入れた甘いアイスティーを飲む向井のそばで、伊織は店員とシャツやストールをあれこれ手に取っている。

　自分とはまったく関係ない話、関係ない空間にいることが妙に落ち着く。

　――昨日のことは誰も知らない。宮乃以外は、誰も知らない。忘れろ。事故に遭ったようなものだと思ってもう忘れろ。

　アイスティーをあっという間に飲み干した向井に気づき、「お代わりを持ってきましょうか」と店員が親切に言ってくれたので、同じものを頼んだ。

　飲んでも飲んでも、まだ乾いている。

　氷をひとつ含んで口の中で転がしていると、「向井さんにはこれが似合うかも」と伊織が一枚のシャツを広げた。

　鮮やかな黄色のシャツは上質のリネンでできていて、いかにも着心地がよさそうだ。念のため、タグを見てみると、普段向井が買うシャツよりもゼロがひとつ多い。

「普段使いにはちょっともったいないな」

「着るだけ着てみませんか？　ここのシャツ、見た目もいいけど、着心地が抜群なんですよ。リネンだからって気負うこともなくて、家で手洗いしてオーケーなんです」

「ふうん……クリーニングに出さなくても大丈夫なのか？」

「うん、しっかりしてますから。手洗いしたリネンっていいですよ。独特のこなれた感じが向井さんにも似合うと思います。ほら、顔映りもいいですよ」

シャツをあてがってくる伊織の無邪気な微笑みに背中を押されて、「着てみるだけだから」と立ち上がった。

店員は姿を消していて、室内はふたりきりだ。

部屋の隅にしつらえられた試着室のカーテンを閉じ、向井はそれまで着ていたシャツを脱ぎ落としてリネンのシャツを羽織った。

肌を快く覆う爽やかな風合いになんとはなしに微笑み、袖をまくってみる。

「向井さん、どうですか」

カーテンの向こうから声がする。

「うん、いいな、これ。気持ちいい」

「見せてください」

カーテンをそっと開けると、背中を向けていた伊織が振り返り、満面の笑みを浮かべる。

「似合う、すごく似合いますよ。向井さんにこの透明感ある黄色って、はまる。芯《しん》のある大人の男って感じで格好いいですよ」

「そうか？　そこまで褒められるもんじゃ……」

照れ笑いした向井が鎖骨のあたりを掻くと、伊織が突然口元を強張らせた。それから、何度か息苦しそうに呼吸し、「向井さん」と間合いを詰めてくる。

真正面に立たれると、影ができる。同じような身長だと思っていたが、伊織のほうがわずかに高いのだろう。

「……こんなことを言ったら、あなたに嫌われるかもしれません。でも、黙っていられない」

「伊織？」

「ボタン、もっと上まで留めないと。あなたの胸につけられた痕が見えてしまう」

「……っ……」

たった一言で足元が崩れていきそうだった。急いでシャツを掻き合わせたけれど身体がよろめく。

それをすかさず伊織が支えてくれて、リネンシャツの上から、胸をまさぐってくる。

「聞きたくない。誰があなたをいいように弄《もてあそ》んだのか知りたくない——あなたもきっと言いたくないでしょう。でも——だめだ、こんな身体で外に出たらだめだ。僕があなたを守らないと、かならず誰かがつけ込む」

「待て、伊織……っ」

息を切らす向井が身体をよじっても、伊織の長い両腕の中に捕らわれてしまう。仄かな光が射し込む狭い試着室で、伊織が身体を擦りつけてきた。

シャツの上からでも存在がわかるように乳首を撫で回され、つままれると、忘れていたはずのどろりとした濃い欲情が舞い戻ってくる。

そこは昨晩、宮乃が執拗に愛撫し、歯形を残していった場所だ。

だけど、伊織の指先は宮乃のすることとまた違っていて、繊細な感覚をわかっているかのように、ゆっくり、ひたすら優しく、乳首を撫で擦ってくる。

円を描くように擦られると、リネンに擦れた肉芽がひくんと反応してしまう。こんな状態ではもう、シャツを着ていてもごまかせない。

丁寧な愛撫に応えて乳首の芯がそそり勃ち、「——あ」と向井が息を漏らすと、伊織が顚をつまんで視線を絡めてきた。

愛《いと》おしそうな、切なそうな複雑な感情を浮かべた瞳に魅入られながら乳首をこねられ、伊織の名前を呼ぼうとしたとき、色っぽいくちびるが重なってきた。

「……ン……っぅ……」

温かい舌がくねり入ってくる。

強引に向井を襲うのではない。温もりを分け合いたいとでもいうような穏やかなくちづけは、宮乃から一度も受け取れなかったものだ。ただもうとにかく身体の奥へ奥へと分け入ってくる獰猛な快感で踏みにじられたあとだけに、この優しいキスはつらい。

——応えるな。応えたら伊織とも面倒なことになる。いま以上に厄介なことになる。

そんなとまどいも伊織はわかっていたようだ。

ほんの少しだけ舌先を甘く吸って、身体を離す。中途半端なところで止められてしまった向井としては、物足りなさだけが残ることに愕然《がくぜん》とした。

「僕は以前、向井さんに無理をさせています。今日ここで同じことをしたら、僕のほんとうの気持ちがあなたには伝わらない」

「……ほんとうの気持ち、って、……なんだ」

「愛したい。僕は向井さんを誰よりも愛したい。守りたい。支えになりたい。年若の男が馬鹿なことを言っていると笑いますか？」

「どうしてそこまで……あんたとはこの間知り合ったばかりじゃないか」

愛という純粋で大切な言葉は、こんな場面でやり取りされるものだったか。

「前にも言いましたが、向井さんの才能に惚れ込んでいます。実際のあなたは予想以上に僕のこころを捕らえた。大人の男として憧れる半面、どこか隙があるんですよ、あなたは。これ以上僕をつけ上がらせたくなかったら、シャツのボタンを上まで留めてここから出ていっていいですよ。いまここで、拒絶されたら、もう二度とあなたの迷惑になるようなことはしません」

言葉を裏づけるかのように両手を広げた伊織は、向井を解放する。だけど、動けなかった。シャツのボタンを留めることもできず、向井はただただ伊織を見つめていた。

隙があると指摘されて腹を立ててもいいはずなのに、できない。

実際にそうなのだろうと向井自身、痛感しているからだ。

昔から友人は多いほうだった。誰とでもわりと仲良くやっていける性格は、芸能界ではとても大切な資質だ。他愛ない悩みや愚痴を聞くのぐらいなんでもないと思っている。

逆に、自分を必要としてもらえていることが嬉しいとも思っていた。

優しいと言われてもお人好《ひとよ》しなのかもしれないと苦笑いし、気が弱いだけじゃないかと思うところもある。

だが、その『隙』に性的な欲望をぶつけられたことはなかった。いまのいままで。

伊織が発端になったのかもしれないが、その前は別れた妻が『隙』を塞いでいた——あるいは、もっと前からそばにいた宮乃が、向井自身は気づけなかった『隙』に誰も近づけないようにしていたのかもしれない。

たまたま、時近くして伊織と宮乃が『隙』を見つけ、その奥にあるものを探ろうとしているのか。自分で考えても、もうわからない。

——俺のなにを欲しがってるんだ?

「……セックスするなら、相手はほかにもいるだろう?」

「そうかもしれません。上っ面の快感が欲しいだけなら相手はほかにもごまんといる。でも、僕はあなたがいい。セックスだけじゃなくて、話もしたい、眠る顔も見たい、仕事に打ち込む顔も見たい……そう思わせるだけのものが、あなたの書く話にはあった。だから、惹かれています」

飾り気のない言葉がまっすぐ胸に突き刺さる。

向井はなにも言えず、伊織に身体をもたせかけた。

——どうしてこうなる？　突き放せ、そうでないとこのあとなにが起きるかわからないわけじゃないだろう。

伊織が髪を丁寧に梳《す》いてくれ、耳のうしろにそっとくちづけてきた。

「家に帰って、あなたを抱きたい」

低い囁きに呻きそうだ。淫靡《いんび》な炎が残る身体が再び燃え上がりそうで、抑えられない。

「お互いにとって、とても気持ちいいセックスがしたい。つらいことをすべて忘れられるようなセックスがしたい。あなたが望むなら、僕を与えます。好きにして構いません。向井さんなら、いい」

「伊織……でも、……俺は、……その、……男とどうしていいのか、わからないんだ」

自分でもなにを言っているのかと思う。

宮乃にされたことを伊織に仕返せばいいだけの話だろうが、主導権を握り、伊織を痛めつけたいという考えは欠片《かけら》もない。

いまもっとも話題になっている若手俳優が自ら、『与えます』と言ってくれているのだから、なにも考えずに踏みにじってやれば鬱憤も晴れるだろうに。

そう思うこころはあるが、やはり実現できそうにない。そこまで自分は最低じゃないと思いたい。

伊織が腕を伸ばしてきて、まるで壊れ物を扱うかのように慎重に抱き締めてきた。

「向井さんのすべてを知りたい。大丈夫、僕を信じてください。絶対に傷つけない。僕はあなたを愛するためにいます」

慈しむ声音に顔を上げると、優しくくちびるを塞がれた。


「……っ、伊織……、シャワー、浴びさせろ……」

「このままでいいです。出かける前にシャワーを浴びたでしょう？　向井さんの肌、綺麗だ……しっとりして指に吸いつく」

セレクトショップから着てきたシャツのボタンをかいくぐって、汗ばむ胸を指が這う。

すっかり空気が入れ替わった寝室で、向井は若い男の背中にしがみついていた。

伊織は柑橘系《かんきつけい》のコロンをつけているらしい。すっきりした印象だが、官能的な深みのあるいい香りだ。

「……いい香りだ。自分に合うものを知ってるんだな」

「向井さんにそう言ってもらえると嬉しい。あなた自身に僕が合うかどうか、吟味《ぎんみ》してもらって構いませんよ」

悪戯《いたずら》っぽく言う伊織と舌を絡め合い、甘やかな唾液を交換し合った。とろとろと滴が顎を伝い落ちるほどのキスが伊織は好きらしい。

応え方がわからず惑う向井の舌を搦め捕り、淫らに啜って疼かせたあと、硬くなった乳首をくちびるで挟み込み、意地悪く舌で転がす。

過酷な洗礼を受けた昨晩とはまるで違う展開に、堕落《だらく》しそうだ。

昨日のことを忘れられるものなら、すべて忘れたかった。

向井が受けた屈辱や傷をいたわるように、伊織はその形のいいくちびるですべてを柔らかに吸い取っていく。

乳首を念入りに愛したがるのは宮乃と似ていたが、やり方が全然違う。散々指や歯を食い込ませてきた宮乃とは対照的に、伊織はソフトに愛してきた。

ツキン、と勃った乳首を舌先で押し上げ、羞恥《しゅうち》に向井が顔を赤くすると、今度は尖り全体を甘く吸ってくる。

その加減があまりにも絶妙で、自然と声が漏れ出た。

「向井さんの声、やっぱりいい。感じたときの掠れ具合がたまらない」

「……恥ずかしい、から、言うな……」

「ふふっ、ほんとうのことなのに」

愛したい、という言葉を確かなものにするためか。伊織は徹底して向井の身体を甘やかし、蕩けさせた。

まだ媚薬が残っているのか、それとも伊織の愛撫がよすぎるのかわからないけれど、身体の深奥が疼く。

とうにペニスは勃起していて、伊織が嬉しそうに亀頭から頬張る。

「あぁ……」

情のある口淫に向井は溺《おぼ》れた。痛いことはなにひとつない。

男同士なのに伊織は性器を口に含むことを厭《いと》わず、くちゅ、ちゅぷ、とねだるような舌遣いで啜り込む。

濃厚な愛撫に向井も応えてしまい、何度も喘ぎ、我慢に我慢を重ねた最後に、伊織の口の中で果てた。

「ん――……ぁ……は……ぁ……伊織……」

「気持ちいいですか？」

「……おまえよりずっと年上なのに、……こんなあからさまな反応して、みっともないって笑わないのか」

「みっともないなんて思わない。僕の愛撫に応えてくれているってことのほうがずっと嬉しい。年齢なんて関係ないでしょう？　……ああでも、誰よりも男らしくて素敵なあなたが、僕のフェラチオでイく顔はたまらなかったな」

「……言うな」

露骨な囁きに耳朶まで熱くなる。伊織は満足らしく、そこら中を舐り、アナルにまで舌を這わせてきた。

宮乃から受けた蹂躙《じゅうりん》を思い出して腰が引けたが、「大丈夫だから」と囁く声のあとに、孔を拡げられ、ぬめった舌が錐《きり》のように突き込んできた。

「……あ、――ッ、あ、あぁ……んっ、ぁ……舐め、なくても……っ……」

軟体動物のようにひたりと張りつく舌が向井のアナルを柔らかに解し、宮乃との行為で傷ついた縁を癒《いや》すように丁寧に舐め取っていく。

「だめ、だ……そこ、……そんな、ふうにしたら……」

伊織ほどの男に尻を愛撫され、少しずつ身体を開いていってしまう自分は淫らなのだろうか。いやらしいのだろうか。

自虐的に考えたけれども、伊織はまるで躊躇《ちゅうちょ》せず、身体を起こして自分のものにゴムをつけている。

「それ、……いつも持ち歩いてるのか?」

「向井さんに出会ってからは、いつも。……つらかったらやめるから、言ってください」

しごく薄いゴムを纏いつかせた伊織自身が、ゆっくり、慎重に挿ってきた。

——ふたりめだ。

意識の片隅でぼんやり思う。

たった二日の間に、ふたりもの男を受け入れることになるなんて一か月前の自分でも予想できなかった。

ふたりとも、硬さも、角度も、熱も違う。太さも、反り返り方も。

極端に反り返っている性器に貫かれながら、向井は抱き起こされ、伊織の膝の上に座らされた。少しずつ灼熱《しゃくねつ》の楔《くさび》が馴染んでいく。

「こうすると、向井さんとキスしながらできるから。……痛くないですか?」

「ん、……っぁ……深い、……っ……」

「いい?」

目と目を合わせながら訊ねられて、ついに陥落した。年若のまっすぐな瞳の前では嘘をつけない。

「……いい、気持ちいい……」

伊織の首にしがみついて無我夢中で何度も頷いた。

自分の重みでより深く刺さるこの姿勢は、咥え込んでいるところも、まだ白濁を垂らしている性器も伊織にすべて見られてしまうのだが、背中を抱き締められると安心する。

「ゆっくり動くから。そうでないと、狭すぎるあなたを傷つけてしまいます。……向井さんと僕、すごく、いいと思う。……ほら、奥、届いた」

「あ、あ、伊織、……いおり……っあぁ……っ……」

淫猥に尻を摑まれて揺さぶられ、ずっと疼いていた最奥をずんっと突かれる快楽に声がほとばしる。

じゅぽ、じゅぽ、と音が響くほどの抽挿は苦しいものではなく、最奥にある熱の膜を突き破ってほしいとすら願うほどの快感だ。

昨晩は宮乃の巨根をねじ込まれ、無理やり暴かれた孔も、伊織の細長く引き締まった雄で穿《うが》たれる悦びに従順に応えていく。

肉襞が潤い、ぬぽっと引き抜かれるたびにみっともなくすがりついてしまう。

男に貫かれることの快感を初めて知った気がして、向井は困惑しながらもぎこちなく腰を振った。

昨日はあまりにもひどすぎた。あれは自分の意思じゃなかった。

ずくずくと埋め込んでくる伊織の若くて清潔な愛情に、このまま任せてしまおうか。

——ああでも、もう少しじかに熱を感じ取れたら。伊織はこのままゴムの中に出すんだろうか。

伊織は突き、乳首を吸い、また突いて、向井の熱くなる一方の身体を抱き締めてくる。

「……伊織……」

ふと呼ぶと、伊織は上気した顔で微笑み、「ね」と言う。

「少しだけ、変わったことしましょうか」

「な、んだ……？」

繋がったまま伊織が手を伸ばし、ベッドのヘッドボードに置きっぱなしだった台本を手に取る。向井は寝る前にさまざまな台本に目を通すのが癖だ。

数日前から知り合いの脚本家である青木が書いた連続ドラマの台本を読み直していた。それの一部を伊織は取り上げ、右上を留めたちいさなクリップを外し、「これで」と間近で甘く微笑む。

「向井さんのちいさなおっぱいを育ててあげますね。……僕以外に反応しないように」

「え……あ、あっ……？　う、……！　ぁ……っ……」

ちいさくても頑丈なクリップにバチッと乳首を咬まれ、あまりの衝撃に身体が浮いた。そこをすかさず伊織が引き戻してきて、突きまくってくる。

「あぁっ、外せ、はずして、くれ……っ……」

「痛いですか？」

「いた、……っい……ん……っぅ……くぅ……」

「だけど、……中、すごく締めてるし、さっきよりもずっと熱い。ほんとうに外したほうがいいですか？」

真面目なのか、悪辣《あくらつ》なのか、わからない。

何度も同じことを聞くなと言いたいが、バネの部分を舌先で押し上げてくる伊織が、蕩けた中をぐりっと擦ってきたことで、鮮やかな快感が目の前で弾《はじ》けた。

「いい、……このままで、……いい……」

涙混じりの本音に、伊織が笑う。

「ほんとうは、ショップにいたときからずっと舐めてあげたくてたまらなかった……。向井さんの乳首、とても感じやすくて可愛い。もっともっと愛したら、そのうち、向井さんのほうから『おっぱいを吸って』っておねだりするようになりますよ。年下の僕に向かってこの胸を両手で摑んで寄せ上げて、ね。いまから楽しみだな」

「……んな、な、るわけ、ないだろ……っ」

淫猥すぎる言葉に顔を真っ赤にして悶えたが、伊織の舌でせり上げられた乳首に狂おしい痺れがじぃんと走り、文句は掻き消えてしまう。

クリップの強度自体はさほどではない。

だけど、胸をいたぶられるのだって馴れていないし、それで感じるなんて男としてどうなのかと自尊心がわめいていたのだ。

――でも、いい。すごくいい。胸で感じるなんて正直なことは言えないけれど、伊織には溺れてしまう。

「あっ……あっ……いい……っ……」

伊織の膝の上で夢中になって腰を揺らし、斜めに反り返った肉棒が卑猥に濡れて、自分の中に出たり挿ったりする場面をこの目で見た。

「痛めつけることはしないけど、……ちょっとだけ苛《いじ》めてみたいって思うんです。向井さんはほんとうにいけないひとだな。僕をこんなにおかしくさせるなんて」

クリップごと口に含んで乳首を舐ってくる伊織の頭をかき抱き、向井は極みに達した。

すぐに伊織もあとを追ってきて、生温かい感触を向井の最奥に植えつける。

どくっと身体が脈打つたび、伊織の熱い飛沫が深奥に放たれているのがわかるが、ゴムをつけていることで中がぐっしょりと濡れるあの卑猥な感覚は、ない。

同性だろうと異性だろうと身体を思いやってくれる伊織の気持ちは嬉しい。しかし、なにかが物足りない。

——こんなに深く貫かれているのに、物足りないなんて、俺はどうしたんだ？　とうとうおかしくなったのか？

「……まだ、ひくついてますね。もう一度したい」

見上げてくる伊織にぼんやり頷く。

どう頼んだら、あのいやらしい感覚を与えてくれるのだろう。

なにか言おうとして、不意に気配を感じた向井は振り向き、絶句した。

「──なにしている？」

寝室の戸口に宮乃が立っていた。

なぜ、勝手に部屋に入ってこられたのかと深く考えなくても、答えは簡単だ。どうやら向井の知らないうちに、合い鍵を作っていたらしい。ここは古めのマンションだから玄関はオートロックではないし、錠前も古いタイプだ。その手の店にマスターキーを持っていけば数分で合い鍵が作れる。

「宮乃さんか……」

不敵に笑う伊織に腰を摑まれていたから逃げることもできずにいると、大股《おおまた》ぎみに近づいてきた宮乃に顎を摑まれた。

ぎらりと怒りで沸騰する目に、──殴られるのかと一瞬身を竦《すく》めた。

まだ伊織が挿っている場所を食い入るように見つめた宮乃が、掠れた声を絞り出す。

「そいつと俺と、どっちが気持ちいいんだ？」

「ミヤ……」

こんな場でなにを聞いているのかと宮乃の正気を疑っても、もう遅い。

「昨晩俺があんなにしてやったのに、おまえはもうべつの男で満足するのか？」

「ち、が、……」

カッと頭の中が熱くなる。

「――違う、違う！　昨日はおまえが薬を盛ったんだろう！　何度もやめろって言っても聞かなかったじゃないか！」

「でも、そのたび向井は射精しただろう？　胸を弄られるたびによがっていたじゃないか」

伊織から引き剝《は》がすように向井の腕を取る宮乃が、忙《せわ》しなく胸をまさぐってくる。クリップで挟まれた乳首をきつく揉まれると、心臓が駆け出す。

「ミヤ……、そこ、やめっ……」

「薬、か……宮乃さんも結構ひどい手を使いますね」

「おまえになにがわかる。向井から離れろ。こいつは俺だけのものだ」

「向井さんが承諾しましたか？」

ぐっと言葉に詰まる宮乃が、顔を近づけてくる。

「……向井、俺が嫌か？　伊織のほうがいいのか？」

「んん……っう……」

身体に刺さったままの伊織が再び硬くなっている。

ゴムの中に残った精液でぬるついていて違和感がする。そのことに顔をしかめたのだが、感じていると宮乃は勘違いしたらしい。

向井を突き倒し、宮乃が濡れたままの性器を扱いてきた。

「……っ、おまえら、なに考えてるんだ……っ……！」

ふたりがかりで犯される事実に驚愕し、めちゃくちゃに暴れたのだが、宮乃の片手で難なく押さえつけられた。

「伊織にここ、触らせたのか。舐めさせたのか、向井？」

つらそうな顔の宮乃になにか言おうとしても、顎を強く押し上げられているせいで、息が苦しい。

その隙に伊織は素早く一度抜き、新しいゴムに替えて再び向井の中へと侵入してきた。さっきより、硬くしなっている。

「あぁ……っ」

「誰がやっていいと言った？」

向井を犯す伊織に宮乃が険しい声を上げる。

髪をかき上げた伊織は舌なめずりし、「誰が？」と皮肉っぽく笑う。

「僕は、このひとを愛したい。そのこころに素直に従っているだけですよ。……ねえ、向井さん。僕を感じているでしょう？」

「……くそ、おまえ」

「伊織……っ、あ、ぁ、ミヤ、……手、そんな、したら……っ……」

宮乃の大きな手は向井を苦しめることなく、じわじわと硬さを取り戻すために淫靡に動く。

「昨日は……おまえに俺を刻みつけることで精一杯だったんだ。ここも、……ここも……全部俺のものだろう、向井？　おまえの中で何度も射精してやったこと、もう忘れたのか？」

忌々しそうにクリップを見つめた宮乃がバネ部分に力を込めたことでひゅっと喉が締まる。痛めつけられるのかと身構えたのだが、案に相違して宮乃は用心しながらクリップを外し、真っ赤に充血した乳首を幅広の舌で舐り始めた。

とたんに、じぃん……と甘苦しく重い疼きが全身を貫いた。

「……ん……あぁ……ミヤ……ミヤ……」

せき止められていた血の流れがもとに戻ったことで尖りがじんじんと痺れる。

宮乃らしいねちっこい吸い方に身体の奥が震え出す。

——そうだ、ミヤは俺の中で散々出した。いまみたいに胸をしゃぶりながら、溢れ出すぐらいの精液を俺の中に出した。……熱くて、濃くて、量も多い精液に身体の中を初めて濡らされたことはたぶんずっと忘れられない。

宮乃の感触を思い出したことで、くっと性器が根元から持ち上がる。そのことに気づいた宮乃が、片頬で笑いながら下肢をいたぶる指先に強弱をつけてくる。

「……覚えているんだな、俺のことを」

こんな形で覚えているのはどうかと思うが、忘れられるはずもない。

「向井、俺のすることに感じているんだろう？」

「違いますよね。僕のこれに……よがってるんですよね？」

交互に問われ、向井は必死に頭《かぶり》を振った。

「……やめてくれ……っぁ……ん……ふたりとも……もぉ……っ……あ——……」

嫌だと散々言っているのに、身体の疼きが止まらず、声が卑猥に掠れていく。

伊織に貫かれ、宮乃に乳首を吸われて性器を弄ばれながら昂ぶっていくことを認めたくない。それぞれが向井の違うところを愛し、嬌声を引き出すことにのめり込んでいた。

どちらの男も、自分のほうが向井をより感じさせてやれるのだと誇示しているようだった。

伊織が凶悪なまでに突き込んで向井が身体をしならせると、宮乃が押さえ込んできて淫らに腫れた乳首を親指と人差し指でねじり、吸い上げる。

喘ぎが止まらない向井の口に長い指を突っ込んできてちゅぷちゅぷとかき回してくる宮乃の動きに、伊織の雄々しい律動が繋がっているみたいに思えて、幾度も幾度も、向井は昇り詰めた。

射精はしていないのに、意識も身体もこれ以上ないぐらい昂ぶり、極みに追い込まれるような絶頂感は初めてだ。腰から下は怠いのに、どうしようもない疼きに覆われている。

口から指が抜かれる瞬間、アナルからも若い雄が出ていってしまい、「……あ」と思わず声を上げた。

宮乃も伊織も息を切らし、あられもない格好の向井の両際に腰を据える。

なにが起こるのか。いったい、この先なにをされるというのか。

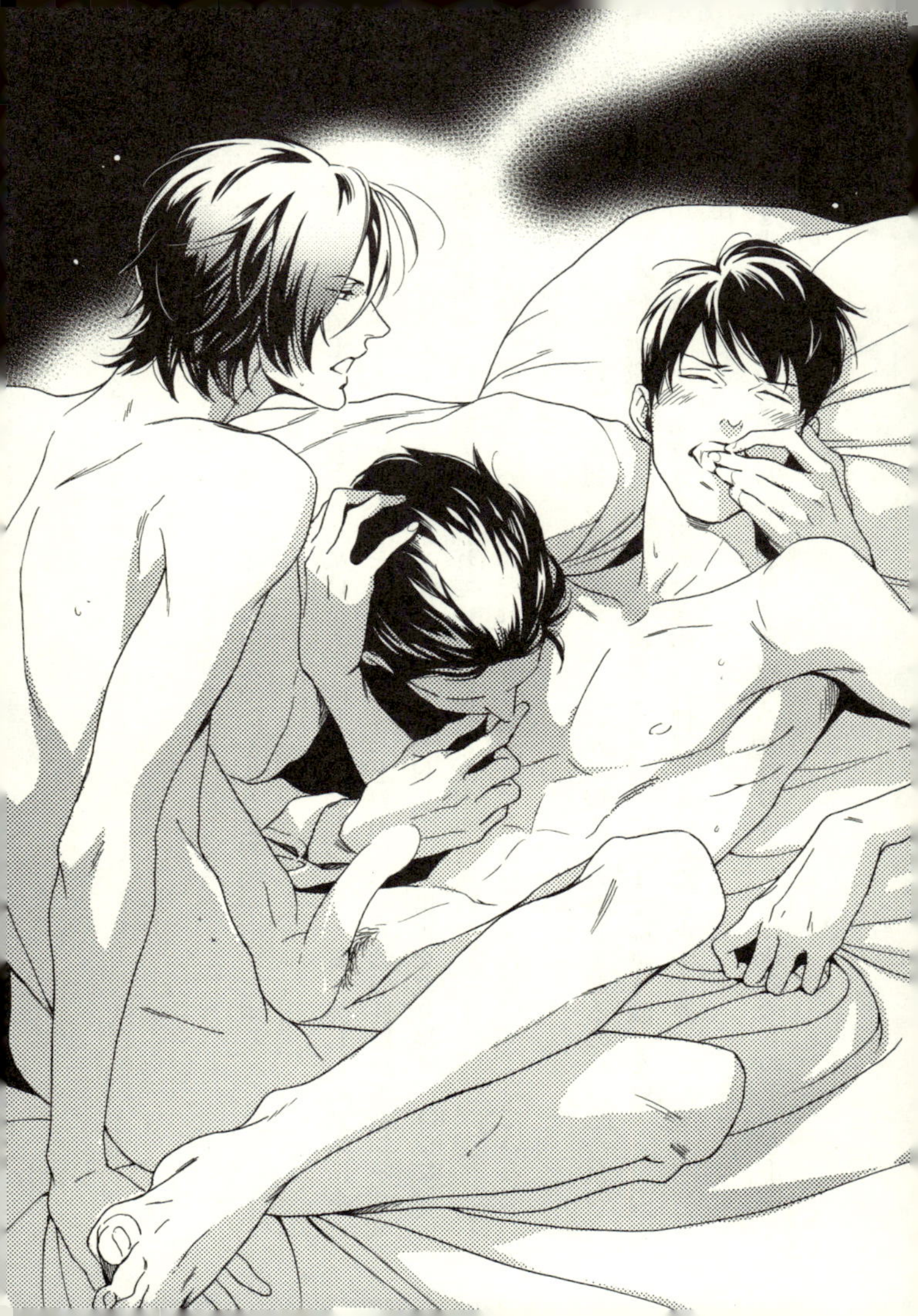

「……出ていくつもりはないのか？」

「ありませんね」

宮乃と伊織が剣呑《けんのん》な視線を交え、それから向井を見下ろしてきた。

刃《やいば》が交わるような凶暴さが彼らの視線に潜んでいることに背筋がぞっとする。

——喰《く》われてしまう。

伊織がゴムを外した雄を根元から捧《ささ》げ持ち、向井の顔に近づけてくる。美しい顔立ちにふさわしく、彼の下生えは薄めだが、それだけにぬうっと斜めにいきり勃つ性器が生々しい。

宮乃がきつそうなスラックスの前を開き、とうに勃起していた男根を取り出す。巨根に似合った陰嚢は黒々とした繁みに覆われていても見えるほどの大きさだ。

グロテスクなまでに艶めいた宮乃のそれはもう先走りでトロリと濡れていて、見ているだけで口の中に唾《つば》が溜まってくる。

——俺を、おまえたちの欲望の巻き添えにするのか。俺までおかしくなるのか。そんなのは嫌だ。どんなに刺激を与えられて身体が沸騰しても、こころまでは譲り渡さない。

胸の中で固く誓うが、ふたりの男の剝き出しの性器を前にしたら声が上擦ってしまう。

「……伊織、……ミヤ……」

なにを求められているのかわからないと言いたかったのに、左手は伊織のものを、右手は宮乃のものを握らされた。

手の中で脈打つそれぞれの男性器が放つ濃密な匂いに頭がぼうっとし、無意識に両手を開いたり閉じたりすると、彼らがかすかに呻いた。

勃ち上がったままの向井のものを宮乃が撫で、喘いでも喘いでも苦しい口を伊織がふさいでくる。舌を吸われるタイミングと一緒に左手の動きを強めると、伊織の舌遣いが荒っぽくなる。

「……こうなったら、行き着くところまでやるだけだ」

宮乃が意を決したように呟き、向井を再び果てさせようと巧みに扱き上げてくる。

右手の中のペニスは太すぎて、指が回らない。身体の最奥に新しいぬかるみが生まれる。

男の欲をどこまでも受け入れて悦ぶ、あの場所だ。

宮乃の声に呼応して、左手で握ったペニスがびくんと引き締まった。壮絶な色気と憎悪を孕んだ伊織の瞳に射貫かれながら、向井は強烈な快感へと引きずり込まれていった。


狂気の時間が過ぎ去ったあと、宮乃も伊織も、一歩も譲らなかった。

「ふたりきりで会うな」の一点張りに、疲れと自虐的な思いに襲われていた向井は声を荒らげた。

「俺にどうしろって言うんだ」

「僕か、彼か、どちらかひとりを選べばいいんですよ」

「こいつか、俺のどっちが向井を満足させてやれると思う？　考えなくてもわかるだろう」

傲慢な言葉にかっとなり、「ふたりとも出ていけ！」と怒鳴ったら、無表情になった彼らに組み敷かれ、またしてもありとあらゆる手段で喘がされた。

手錠はもちろん、アイマスクやバイブレーターも使われた。

なにも見えない向井に、「感触で決めろ」と囁く男を心底憎んだ。

喉が渇いたと訴える向井に、甘い水を口移しで飲ませてきて、「うしろ、挿れてあげますよ。向井さんの好きなところを僕はもう知ってます」とゴムをつけて再び押し挿ってきた男にも胸の裡であらん限りの罵倒を放った。

拷問のような責め苦が一晩中続き、明け方には声が掠れていた。終わったあともふたりにしつこく肌を撫で回されたことで、甘い痺れが肌の下に根づいてしまったようだった。

壁にすがって立ち上がる向井に、宮乃と伊織がそれぞれに手を差し出してきて世話を焼きたがったが、「必要ない」ときっぱり断った。

女みたいな扱いをされるのは我慢ならなかったし、物扱いはもっと嫌だ。

無言で睨《にら》み合うふたりを放っておくとなにをしでかすかわからないので、「ミヤはコーヒーを入れてくれ。伊織はシーツを交換しろ」と命じた。濃密な愛撫を施された身体で言えるのはそれが精一杯だった。

何度してもし足りないという風情の宮乃がコーヒーを入れに行き、伊織がシーツを替える間、向井は両方の誘いを断ってひとりでシャワーを浴びた。

荒淫の痕が色濃く残る身体を鏡で見るのもつらい。

ふたりの男はそこら中に痕をつけたがり、向井の褐色の肌には数えきれないキスマークが残された。

鎖骨、胸、二の腕はもちろん、内腿の柔らかい部分にも。きっと背中にも。尻の狭間から垂れ落ちる宮乃の精液を指で掻き出す瞬間がいちばんつらかった。

伊織も何度も達したがゴムをつけたままで、宮乃はその逆。向井と繋がるときはかならずナマで挿れ、中で雄をますます逞しくさせた最後に貪婪《どんらん》に射精し続けた。

肉棒の生々しさや、精液の重さを刻みつけてくる宮乃を呪い、自分のそこに指を挿れて掻き出すとき、自然と腰を突き出し、浴室の壁にすがらなければいけなかったことは、ふたりには絶対に言わない。

――ここに宮乃も伊織も挿ってきた。俺自身じゃ指を一本挿れるのだってつらいのに、あいつらは自分の欲望をねじ込んできた。思いきり揺さぶってきたんだ。

「……っは……」

どこか悩ましい吐息とともに漏れ出る宮乃の名残は、シャワーの音でなんとか掻き消した。

皮膚が擦り切れるほどに全身を洗い、リビングに戻り、三人が顔を合わせたところで沈黙が落ち、向井がなにか言わないかぎりまたも爆発しそうだった。

どちらかひとりに決めろと言われても、いきなりそんなことはできない。

身体を踏みにじられても片や親友で、片や出会ったばかりの魅力的な若い男だ。

長いつき合いのある宮乃はともかく、伊織の内面をよく知りもせずに、「おまえにする」と決めたら、単なる快楽のパートナーを選んでいるみたいで礼を失している。

自分とて、性奴隷に成り下がるつもりは微塵もない。

——でも、宮乃だってもう、どんなことを考えている男なのか、いまの俺にはわからない。友だちじゃないと一度は言われた。あのときから、宮乃は俺にとってまったくの赤の他人になったんだ。伊織に惹かれている面もあるけれど、セックスだけがしたいわけじゃない。

「どうすりゃいいんだよ。三人で会えば納得するのか？」

こころにもないことを吐き捨てると、伊織と宮乃は不服そうにちらっと視線を交わし、やがて渋々頷いた。

そのことに愕然とする向井の前で、いくつかの取り決めが交わされた。

どちらも選ばないという選択肢だってあったじゃないかと思いついたのは、もっとあとになってからのことだ。

「全員忙しい身だが、抜け駆けはだめだ。向井と会うときは前もって連絡をすること」

「仕事柄、顔がバレるとまずいでしょう。会う場所も考えたほうがいい」

自分を差し置いて次々に決めていくふたりに腹が立ち、向井も口を挟んだ。

「この部屋は二度と使うな。……こんなことを毎回自宅でやられたら、たまらない。仕事もできないし、落ち着かない」

「なら、毎回違うホテルを取る。ツテがあるんだ。どこのホテルも偽名でチェックインして、バラバラに部屋に入ればいい。向井がいる部屋に俺と伊織は行く。いいな？」

日頃の温厚な態度が嘘だったかのように、淡々と物事を決めていく宮乃に、これ以上嫌だと言う気力もなかった。

「もし、ひとりでもこのルールを破ったら映像を表に出す。伊織が最初に向井を店で誘った場面も、俺が向井を抱いた場面も持っている。見れば誰でも一発で顔がわかる映像をネットに流す準備はいつでもできている」

だめ押しのように宮乃が言ったそばで、伊織が舌打ちしていた。向井は黙っていた。

言い返せば、またつらい目に遭う。日常が壊れてしまう。

とりあえず宮乃から合い鍵を奪い返し、奇妙なルールに則《のっと》った生活が始まった。

伊織も宮乃も、外に出れば人目を惹きつける人気役者だ。

売り出したばかりの伊織はもちろん、安定線にある宮乃もスキャンダルは御法度《ごはっと》だ。

女性芸能人と一緒に仕事をこなし、爽やかな友情が築かれたとしても、そこでやめろと事務所が厳しくチェックしてくる。

　むろん、いまの伊織と宮乃にどんな美女をあてがっても、ふたりとも儀礼的な笑みを返すだけで、胸の裡では一分一秒でも早く、向井のいる部屋へと行きたいと願うだろう。

　どちらがより、向井にふさわしい男であるかということを示したい半面、『抜け駆けは卑怯な手段だからしたくない』と厄介なプライドも働いているようだ。

　だいたい一、二週間に一度、三人は都心やその近辺のホテルで落ち合った。

　いつも宮乃がホテルを決め、部屋を三つ押さえる。そのうちふたつはスーペリアで、向井にあてがわれる部屋は決まってスイートクラスだ。

「……身体を売ってるみたいだな」

　いったいどうしてこんな事態になったのだろうと呟き、向井は八月も終わろうとしている夜空をスイートルームから眺めていた。

　都心から少し離れた海沿いのホテルの窓はゆるやかにカーブしている。昼間はここから海を一望できるのだろう。夜の帳《とばり》が落ちたいまは、暗い海を行き交う船のランプがちらほら見える。

　凜とした紺色を基調とした室内は、渋い金色の額縁や置物でアクセントがつけられていた。天井が高く、重みのあるカーテンがかけられたラウンジには大画面の液晶テレビをはじめとしたハード類がそろい、片隅にはオーク材でできたミニバーがあった。ゆうに八人は座れるダイニングテーブルもあり、生真面目な会議や優雅な食事もここでできるのだろう。だが、今夜ここに集まる者は会議をするのでもなく、食事をしたくて来るのでもない。三人で会うなんて約束をいつまで守り続けるのだろう。

どっちを選ぶかと迫られた夜から、もう二か月以上経つ。

その間、貪られた回数は、と指折り数えると意識が暗いほうへと沈み込みそうだから、やめた。

宮乃も伊織もけっして暇じゃないはずなのに、二週間以上会わないことはなかった。三人で会っている時間が一時間しかないときもあれば、数時間、半日とそのときどきでばらばらだ。行為が終わったあと、部屋に泊まることもほとんどない。

ただし、伊織と宮乃も示し合わせたように同時に部屋を出て行く。どちらか片方が部屋に残り、向井の関心を引こうとするのを阻止するためらしい。

「馬鹿馬鹿しい。俺なんかのどこがいいんだ。男で、いい歳で、若くもない、美形でもない、有名でもない俺なんかのどこがいいっていうんだ」

吸いさしの煙草をちらつかせると、今夜はめずらしく伊織よりも先に到着していた宮乃が灰皿を手渡してくる。

「おまえは優しくて、こころが深い。無骨だけど、聞き上手で、純粋で、そばにいるとほっとする。実際、向井がいなかったら、いまの俺はなかった」

「買いかぶりすぎだぜ、ミヤは」

「俺の目は確かだ、向井。何年おまえのそばにいると思ってるんだ?」

伊織がまだ来ていないから、宮乃は手を出してこない。

足を投げ出してラウンジのソファに座る向井は、横柄な態度を取ることで興ざめさせたいのだが、盲目的な宮乃には通じない。

吸い殻を入れた灰皿を離れたテーブルに置き、宮乃はミニバーに備えつけられた冷蔵庫からペットボトルのミネラルウォーターを二本取り出し、一本を向井に渡して、正面の椅子に腰を下ろす。

開封していない飲み物を手にする。これは三人にとって暗黙の了解のひとつだ。

荒れ狂った最初の夜を経験した向井は、あれ以来、他人から渡される飲み物に手がつけられなくなった。ワインに媚薬を仕込んだ宮乃本人もそれを悔いているのか、向井の飲食物には一切手を出さなかった。

今夜の宮乃は比較的穏やかだ。伊織がいると闘争心を剝き出しにするが、ふたりきりのときはこんなふうになる前——同い年で頼れる、誰にでも自慢できる仲間に戻ったみたいだ。

「俺がいなくても、ミヤはしっかりやれていたはずだ」

「そうじゃない。……ほんとうはさ、向井、俺はずっと不安だったんだ。もうずいぶん昔の話になる。役者としていくつか大きな役を演じてから、自分の抽斗《ひきだし》が空っぽになってしまっ

た気がして、焦ったことがある。後先考えずに、立て続けに同じようなイメージの役を演じたあと、まったく違う役をもらったとき、うまくはまれなかった。月曜の夜のドラマで、俺が主演の恋愛ドラマが大コケしたこと、向井も覚えているだろう？」

「あ、……ああ、うん……でもあれ、もう六、七年前のことだろ」

「そうだ。もう忘れてもいいと自分でも思うのに、あの頃のスランプを思い出すといまでも足が竦む」

苦笑いする宮乃は少し前屈みになり、両手を組み合わせる。彫りの深い相貌の宮乃が考え込む顔は作り物ではないだけに、余計に引き込まれてしまう。

「なにをやっても空振りで、しっくりこなくて、このまま俺はだめになっていくんじゃないかと思っていた。そのままの言葉を、おまえに話したんだ。向井は、とめどない俺の話を最初から最後まで聞いてくれた。何度同じ話をしても、一度も拒まなかった。それどころか、『宮乃のそのナイーブさはきっと将来的に演技に役立つ。自分に与えられた役についてそこまで真面目に向かい合えるって素晴らしい資質じゃないか』とまで言ってくれたんだ。一週間前も二週間前も同じ話をしただろうって、俺自身が情けなく思っていたのに、おまえは俺を否定しなかった。『ひとりで考え込むとつらいだろうから、俺でよかったら話を聞かせてくれ』って……正直、救われたよ。朝までつき合ってくれたこともあったよな。なかなか言葉にできない俺を、向井は咎《とが》めることもしなかった」

「それは——でも、ミヤが成長したってことだろう……時間が必要だっただけで、俺はなにもしてない。気の利いたことなんか言ってないし、話を聞いただけだ」

「聞いてもらえただけで嬉しかった。俺はおまえが思っているよりずっと傲慢で、他人に弱みを見せたくない。だから、あのときの話もおまえにしかしてない。自分のいちばん脆いところをさらけ出して、無防備な状態の俺を、おまえは嗤《わら》うことも嘲ることも、諭すこともしなかった。ただ、ありのままに受け止めてくれた。それがほんとうに嬉しかったんだ」

宮乃の胸の裡を明かされて、惑うと同時に、——やっぱり宮乃は宮乃じゃないかと胸が切なくなる。

確かに若い頃の宮乃はさまざまなことに悩みすぎていて、見ているこっちが気の毒になるぐらいだったが、それだけ、役者という仕事に全身全霊を傾けているのだろうと憧れもした。稽古も、トレーニングもひとの倍以上努力し、挑んだオーディションは宮乃と自分とでは比べものにならない。それだけ挫折《ざせつ》することもあっただろうが、つねに『伸びたい』という意思が感じられた宮乃を応援したい気持ちは素直にあった。

自分とて果敢に挑んできたが、宮乃とはまったく方向性が違う。才能の器も違う。以前、彼に正直に打ち明けたように、これ以上宮乃と自分を比べ、貶《おとし》めるのは苦しいと感じていた。

「……俺は、俺なりにできることがあるはずだと試行錯誤して、いまの脚本という道に行きついた。役者として輝いているミヤが羨《うらや》ましく思えたことは何度だってあったさ。でも、妬

むだけじゃなにも始まらない。そう思ったから」

「向井は、強いよ。最後の最後で、自分を手放さないだろう。そこに俺も、あいつも……」

宮乃が口を閉ざし、視線を絡めてくる。

こういう話を前もってしてくれていたら、いまの関係だってもう少し穏やかに進んでいたのではないだろうか。宮乃をそういう目で見ていなかったから、もしもこんな話が先にあったとしても、すんなり受け入れられたかどうかわからないが、時間をかけて歩み寄ることもできたはずだ。

だけど、ほんとうに弱いところを見せられない宮乃だからこそひとり悩みを抱え込み、伊織という脅威を前にして黙っていられず、強硬手段に出るしかなかったのだとも考えられる。

「なあ、宮乃、いまからでも……」

やり直せないか、と言おうとしたときだった。

宮乃がふっと顔を上げる。耳をそばだてて、彼にしか聞こえない音を慎重に拾っている顔に言葉を飲み込むと、しばらくしてから伊織がラウンジに入ってきた。

仕事が押していたらしい。サングラスをかけたままの伊織は、宮乃が向井に手を出していなかったかと厳しい視線を向けてくる。

「遅くなりました。話の邪魔をしましたか？」

「おまえには関係ないことだ」

切って捨てる宮乃はもう無表情だ。

ついさっきの切なさはどこかに姿を消してしまったみたいで、張り詰めた空気が三人を縛りつける。

「向井、シャワーを先に使うか」

「……」

ぐっと奥歯を噛み締めて向井は立ち上がってバスルームへと向かう。今夜もふたりの男に暴かれる時間がそこまで近づいていた。

弄ばれる資質は、もとからあったのだろうか。自分ではそうと気づかなかっただけで。三人の逢瀬を重ねていくうちに、向井はしだいに深く考え込むようになった。誰とでもわりとうまくやっていけると思っていたが、同時に、自分ではわからない、他人に簡単につけ込まれる隙があるのだとしたら、今後どうしていけばいいのだろう。ひとづき合いを閉ざし、引きこもるか。他人と接触したとしても、容赦なく警戒して自分のことはまったく明かさないようにするか。

まだ暑さが残る九月の晩、向井は自宅でひとりノートパソコンに向き合っていた。

「……そんなんで生きてけるか？　仕事だって無理だろ」

日ごとに、鬱屈していく。

日ごとに、燻《くすぶ》っていく。

胸に溜まる衝動をなんとか放出しないと、ほんとうにつらい。

——俺に決定権は一度も与えられていない。最初からいままで、伊織と宮乃に振り回されている。どっちも嫌いになれないけれど、この先も言いなりになるのか？　俺はそんなに情けない男だったか？　言いたいことをひとつも言えないで、伊織と向井の快楽に操られるだけなのか？

宮乃と伊織は互いに牽制《けんせい》し合い、向井はどちらにつくこともできずにいる。

「くそ……！」

頭を掻きむしった。

こんな爛《ただ》れた関係がいつまで続くか、誰か教えてくれないだろうか。

「……だったら、俺がわざと踏み外してみるか」

もしも、自分に男の劣情を煽《あお》るなにかが潜んでいたとしたら、それが効くのは宮乃たちだけなのだろうか。

他の男も手を出してくるなら、自分というのはもとからそういう下劣な人間だったのだと諦めがつくような気がする。開き直れるような気がする。

こころを削ぐようなやり方だが、こんな閉塞的な関係はうんざりだ。彼らの腕の中に閉じ込められて壊れるぐらいなら、自ら壊してしまえ。

憤りと、妙な昂ぶりを覚えながらシャワーを浴びた。今夜は伊織も宮乃も仕事だ。その気のある男が集まる店に行き、ただぼんやりと突っ立っていようかと思ったが、行くならいっそ奈落へ行ってしまいたい。

バスタオルを腰に巻きつけた格好で寝室に入り、以前、宮乃が置きっぱなしにしていった道具が入ったバッグをクロゼットから取り出した。

最初にこれを見たとき、どうやって使うのかまったくわからなかった。

宮乃たちとの関係がこじれていく中で、インターネットで男同士の性行為について調べていたら、たまたま同じ品物を見つけたのだった。

シリコン素材でできたそれは、コックリングというものらしい。

性器の根元を柔らかに締めつけ、勃起した状態を長くすることができる。

勃起不全の治療で使われるのがメインらしいが、締めつけられる感触を愉《たの》しめるとして自慰や他人とのセックスでも使われる道具だとネットで知った。

バイブレーターもあったが、自分で尻を弄る度胸はまだない。

仕方なく、性器を擦ってなんとか半勃ちにさせ、シリコンのコックリングを目一杯拡げて根元にはめた。

「……ッん……！」

鬱血していく感覚にくらりと頭が痺れる。

馴れない感触に萎《な》えそうだったが、宮乃や伊織がいつもここをどれだけ執拗に責めてきたかと思い出すと、ペニスがぐっと膨らむ。

ここで達するわけにはいかないから慎重になだめてボクサーパンツに収め、少し早いが秋冬用のコーデュロイパンツを穿《は》いた。

厚地のパンツなら、下肢の秘密を少しは隠してくれるだろう。

念のためジャケットも羽織り、向井は外へと出た。

一歩、踏み出すたびに、ズキリと痛いほどの甘い痺れが下肢に襲いかかってくることに顔をしかめ、タクシーを止めた。

六本木に車を向けてもらい、大勢のひとで賑《にぎ》わう通りからやや離れたところで降りた。

男同士が集《つど》う専門の店を知らないので、以前、宮乃と待ち合わせをし、伊織とも初めて出会ったバーにとりあえず入った。

扇型に広がるフロアは今夜も多くの客で埋め尽くされている。

土曜の夜だから、余計に混雑しているのかもしれない。

ぎこちなくひとの間をすり抜け、向井はカウンター端を陣取った。

そこだけ、女性の数が少ない。というよりも、男性しかいないスポットだった。

「すみません、コロナビールを」

「かしこまりました」

壁を背にし、細いビール瓶に口をつけていると、目の前にすっと誰かが立った。

見慣れない、若い男だ。短髪でがっしりした身体をしており、無邪気に笑いかけてくる。

伊織よりも年下なんじゃないだろうか。右耳に派手なダイヤのピアスをしていた。

「この店、初めて？」

「いや、……前に、一度来たことがある」

「そうなんだ。男が欲しくて、来たんだよな」

「……え？」

掠れた声に若い男はさも楽しげに笑い、「いい匂い、してるからさ」と囁いてくる。

「男が欲しくて欲しくてたまんないじゃないのかな。そういう顔、してる」

「っ……」

思わずぎょっとした。

男が尻に手を回し、やんわりと揉み込んでくる。向井が身じろぎもできないでいると、今度は前を触れてきた。

意図的な指先に身体が揺れてしまう。

「……あ？　これ、なに？」

男が笑いながらパンツの上を太い指でツッとなぞっていく。

勃起していることがばれてしまう怖さもあったが、コックリングをはめていることもすぐにわかったのだろう。淫猥に股間を撫で回された。

含み笑いする男が、顔を寄せてきた。

「この店のこの場所に来たってことは、相手を探してるってことだろ。俺、しようか。うまいよ、コレ」

そう言って美味しそうに舌なめずりする仕草がどれだけいやらしく映ったか。

「見せてくれないかな、ソコ。あんたみたいに無骨でいい男がコックリングをハメてギチギチにさせてるなんて、信じられねえな。もう誰かにケツ弄ってもらった？　それともハメんのが好き？」

「いや、俺は」

男の露骨な誘いに、冷や汗が噴き出す。

若い男は向井の拒絶に怯まず、身体をぐりっと押しつけてくる。

気配を察したのか、近くにいたサラリーマン風の男も近づいてきた。

細身にスリーピースが似合う。堅気か筋者か危うい雰囲気の男は向井と同じぐらいの年齢で、「へえ」と好色そうに笑う。

「めずらしく掘り出し物だな。男を覚えたて、って顔だ」

「むしゃぶりつきたくるぐらい男臭い顔してんのにさ、リング、つけてるんだよ。犯したくならねえ?」

「なるな」

ふたりは顔見知りのようで、馴れた態度だ。

こんなふうに堕落していくのを望んでいたくせに、いざその場面に立つと怖じけてしまう。コックリングをはめた性器も半勃ちのままだが、男に触られると余計に萎えそうだ。

——どうして。こいつと、伊織たちのなにが違うんだ。

「試してみればいい。だからここに来たんだろ? 気持ちよくしてやるって」

「触るな、よせ……!」

小声でなじり、萎縮《いしゆく》しそうなのをぐっと踏みこらえてふたりの男を突き飛ばす寸前だった。

冷徹な声が割り込んできた。

「そのひとから手を離してください」

「……、っ、い……」

名前を呼ぶのは憚《はばか》られた。低い声の持ち主——伊織は深めにキャップをかぶり、色の濃いサングラスをかけている。

——なぜ、どうしてここにいるんだ。どうしておまえが。

「そのひとは、僕のパートナーです。手を離してもらえますか?」

丁寧で、冷ややかな声に、ふたりの男は顔を見合わせる。

なにか言いたそうにしていたが、伊織の気迫に押されたようだった。険のある眼差《まなざ》しを伊織と向井に向け、足音荒く去っていった。

伊織が舌打ちして腕を摑んでくる。

「なにをしてるんですか、あなたはこんなところで。この店のカウンター端といったら、男同士が誘い合うことで有名なんですよ」

「知らなかった、そんなこと……それより、どうしてここにいるんだ？　あとをつけてきたのか」

「偶然です。一杯飲んで帰ろうと思っただけですよ。向井さんをつけ回していいって許可を得ていたら、とっくにそうしてます。とにかく、ここはまずい。帰りましょう」

ぐっと腕を引っ張る伊織に連れ出されたものの、――ここで争わなかったらまた言いなりだと腹に力を込め、「離せよ！」と手を振り払った。

細い路地で向き合う伊織から後ずさり、「放っておいてくれ」と言うと、すぐに腕を摑んで引き戻された。

「放っておくなんてできるわけないでしょう？　向井さんは不用心すぎますよ。さっきの店で僕が声をかけなかったら、あなた、あの男らに連れ去られてましたよ。……ひょっとして、他の奴としたくなったんですか？」

「違う！」

「じゃあ、なぜあの場で嫌だとはっきり言わなかったんですか」

「ほんとうに知らなかったんだ。普通のバーの内部に、男同士が出会う場所があるなんて全然知らなかった」

「ふたりもの男に触らせてましたよね……。もしかして、僕と宮乃さんに飽きてべつの味が試したくなった？　男なら誰でもいい？」

「そんなこと誰も言ってないだろう！　だいたい、宮乃にも伊織にも、俺は嫌だと何度も言ったはずだ。聞く耳を持たなかったのはそっちだろ？　宮乃とふたりがかりで何度もしてきて……やめてくれと言ったのに聞いてくれなかっただろうが！」

「あれだけ感じたくせに、なんですか。いまさら」

艶やかな顔で皮肉っぽく笑う男の無礼に我慢ならず、思いきり頬を叩いた。

手加減できなかった。

みるみるうちに、伊織の頬がうっすらと赤くなっていく。

――彼は役者じゃないか。顔は売り物じゃないか。

はっとする向井に、サングラスを外した伊織がぎらりと狙《ねら》い澄ましてくる。

目が据わった男に手首を突然捻《ひね》り上げられて、痛みに呻くのは向井のほうだ。

細身に見えても鍛えているらしい。合気道か柔道をやっているのかもしれない。

「嫌だと言ってくださいよ。痛いから離してほしいって」

「伊織……っ」

普段、純粋に接してくる伊織は、窮地に追い込まれると、開き直ったかのようにサディスティックな一面を見せる。セックスのときもそうだ。

タフな宮乃とはまた違い、きわどい快感と痛みの狭間をすり抜けるのが好きらしく、言葉や性具で十歳も上の向井を嬲る。

「最初からおまえなんかどうでもよかった、ただ流れに任せただけだって言うなら言ってくださいよ。そうしたら手を離してあげます。ひとりで帰ればいい」

ビル壁に向井を押しつけ、耳元で囁く伊織の低く艶のある声を聞いてしまうと、萎えていたはずの下肢が熱くなってしまう。

——欲しがるな。ここですがったら、もうおしまいだ。

さっきのふたり組にはちらりとも反応しなかったくせに、伊織に触れられると熱くなってしまう。だけど、そのことを言葉にするわけにはいかない。

「……こんなところを誰かに見られたら、どうするんだ。俺は十も上の男だぞ？　スクープされたら、おまえの俳優生命は終わるんだぞ」

至近距離で、伊織の瞳が厳しく光る。冷笑を浮かべていたが、やがてふっとため息を漏らし、向井の手首をそっと下ろす。

「散々ひどい目に遭ったのに、まだそんな優しいことを言うんですか？　あなたってひとは……保身とか、少しは考えたらどうですか」

そう言ったきり、伊織がコツンと肩口に額を押しつけてきた。

抱き締めればいいのか、突き飛ばすべきなのかまごついていると、「……ふたりきりになりたい」と聞こえてきた。

「……忙しいし、あなたのこともあって、ここ最近、ろくに眠れないんですよ。さっきの店で、強い一杯を引っかけてから帰ろうと思ってたんです」

「体調を崩したのか」

伊織の額に手をあててみると、確かに少し熱い。ここで突き放すことができていたら、とうに自分なんてものは存在していない。忸怩《じくじ》たるものを噛み締めながら伊織を抱きかかえ、向井は通りを走るタクシーに手を上げた。


「ここが……おまえの住む部屋か」

「意外って声ですね」

「もっと豪華に暮らしていると思った」

「ひとりで見栄を張っても意味がないんで」

伊織が自嘲めいた笑みを刻んだ横顔を見せる。

注目を集めている若手俳優が住む部屋にしては、あまりに殺風景すぎる。

六本木から車で二十分ほど離れたところにある伊織のマンションは、構えこそ堂々たるものので、セキュリティも頑丈だったが、室内に生活感がほとんど感じられない。

がらんとしたリビングにはソファとテレビしかない。

ここで食事したり、くつろいだりという雰囲気がまったく感じられなかった。

読み捨ての雑誌も、空き缶のひとつもない部屋の中、とりあえず伊織をソファに座らせ、キッチンに入ると、冷蔵庫だけがぽつんとあった。鍋《なべ》や食器類もない。

「自炊、しないのか」

「しません。たいてい事務所で食べてくるから」

冷蔵庫の中身もお粗末だ。

缶ビールが数本と、ミネラルウォーターのペットボトルが二本だけ。その一本を取って振り向くと、カウンターに写真立てが伏せてあるのに気づき、手にしてみた。

古ぼけた写真には親子らしき四人が写っている。

「伊織か……?」

十代の幼い伊織だろうか。いまよりずっと、無邪気な笑顔を見せている。隣にはよく似た面差しの兄弟らしき人物がいて、背後にいるのはたぶん両親だろう。親しげな雰囲気が伝わる、いい写真だ。

「……僕、母親似なんですよ」

カウンターの向かい側に伊織が立ち、向井から写真立てを取り上げる。

懐かしそうな目で写真を見つめ、ぱたんと伏せた伊織が背中を向けた。

「——十歳のとき、僕はひとりになりました。旅行先で交通事故に遭って、僕以外、全員死んだんですよ。仲良かった両親も、自慢の兄も」

「そうだったのか……」

うなだれた伊織の背中を、初めて見た気がする。

最初に会ったときから堂々としていて、生意気で、綺麗な男がこれほど寂しい背中を持っているのだとは予想もしていなかったから、つい聞き入ってしまう。

「後部座席にいた僕だけ、奇跡的に軽症ですみました。隣に座っていた兄が庇ってくれたことで……。その後、親切な叔母夫婦に引き取ってもらいましたが、どんなに愛したひとでも一瞬でいなくなることがある、その恐ろしさがいまでも消えません。僕はもうたぶん、誰にもこころから愛されない。そんな自分になんの意味があるんだろうって考えると、死にたくなります」

「そんなこと、簡単に言うな。俺より全然若いくせに」

カウンターを離れてソファに腰を下ろす伊織の前に立つと、力なく両手を握られた。

「いまの、嘘だとか疑わないんですか？　でっちあげだと思わないんですか」

「……そういう凝ったことする奴じゃないだろう、おまえは」

ため息をついてがらんとした室内を見回した。

このがらんどうで色のない空間は、いわば伊織のこころの中だ。

邪魔だからなにも置かない、というよりも、寂しくなるから、なにも置かないのだろう。思春期の大切な時期に家族を突然失った伊織が抱える虚無感がどれだけのものか、計り知れない。

邪魔で、面倒で鬱陶しい、だけどなによりこころ強い家族がある日いきなりいなくなる怖さは、向井にもうっすらと想像できる。

だから、伊織は誰よりも強気で、華やかに飾っていたのだろう。他人に、脆い場所を持つこころに踏み込まれないためにも。

摑まれた手をそっと抜くと、伊織が怯《おび》えたような目を向けてくる。突き放されると思ったのだろう。だからその肩を軽く叩きながら隣に座った。

――馬鹿だな、こういうことをするからつけ上がるんじゃないか。

頭ではそうとわかっていても、弱っている奴を目の前にして立ち去るほどドライにはできていない。

伊織が安堵したように肩に頭をもたせかけてきた。

「あれだけのことを僕にされておいて、これですか。……ほんとうに狡いほど優しいですよね、向井さんは」

「誰にでもってわけじゃない。始まりはいろいろ間違ったかもしれないけど、根本的におまえは嫌な奴じゃないだろ」

「嫌な奴じゃなかったら、なんですか。勝手に期待しますよ？」

「……おまえは、なんでそこまで俺に執着するんだ？」

「真っ当すぎて、誰も恥ずかしがって口にしないことを正面きって言ってくれたから。ドラマの中の話なんですけどね。『絶対に、なにがあっても自分から死んじゃいけない。与えられた命を愛してやれ』って、向井さんのデビュー作にありましたよね。数年前かな」

「そんなくさい台詞、書いたっけか……」

「書いてますよ。僕は覚えています。何度も見たから」

身体を擦り寄せてくる伊織から温もりが伝わってくる。体調を崩したと言っていただけに熱があるんじゃないのかと心配になったが、声音はしっかりしている。

「学校が舞台の青春ドラマでした。自殺願望がある生徒に、いつもは冷たい先生が必死に語りかけるんですよね。『つらい気持ちに飲み込まれてしまって、希望なんてもうないと思ってしまうかもしれない。でも、いま、俺はおまえとこうして話せて嬉しい。傲慢だろうけど、おまえの支えのひとつになれたらと思う』って先生は言ってました。『つらいことは長続きしないし、かならずいいことがたくさんある』ともね。……僕は、いまでもなにかのきっかけでふっと死ねたらいいのにと思うことがあります。家族を失った日からずっとそれが頭の隅にある。でも、そんなことはしなくていい、いいことがあるからっていう物語を見て……そんな真正直で温かい話を作ったのはどんなひとなんだろうってずっと興味があったんですよ。そして、実際にあなたに会った」

「幻滅しただろ。冴《さ》えないおっさんでさ。伊織は知ってるかどうかわからないけど、俺は少し前、離婚したばかりなんだ。先が見えない、いい歳の男なんかについていけないって、愛想を尽かされたんだ。……たまたま、伊織の胸に残る台詞を書いたってだけで、いくつか過大評価しすぎじゃないのか？」

「いいえ、ますます惹かれました。現実の向井さんは懐が深くて、情に篤《あつ》い。こんなにも熱くて優しい思いを持ったひとを愛していけたらどんなに強くなれるだろう、そのひとからも愛してもらえたらどんなにしあわせだろうかって。言っておきますが、ファザコンとかブラコンではありませんからね。向井さん、あなただから惹かれたんです。最初にキスしたときから、絶対にぐらつかない強い軸を持ったあなたが好きです。あなたに会ってなかったら僕はとっくに死んでいたかもしれない」

伊織の切れ長の瞳をのぞき込んだ。年下で、たまに手に負えないほど高慢な態度に出るが、芯はまっすぐだ。

瞼を閉じることなく、向井が顔を傾けると、伊織は逆に傾け、どちらからともなくキスした。軽く、ついばむ程度のキスにじわりと胸が温かくなる。くちびるの表面を撫で合わせるだけだが、いつもよりずっと素直な想いが伝わるような気がする。

「……これでも、まだ俺がぐらついてないと思ってるのか」

「ええ。どんなにひどく抱いても、向井さんは屈しないでしょう？　それが悔しいけど、嬉しい。このひとは絶対になにがあっても自分を捨てないんだなってわかる」

「そんなにたいしたもんじゃねえよ……」

しだいに熱を帯びていくキスに釣られて口を開くと、温かい舌が絡みついてきた。たっぷりとした唾液を伝え合うキスを伊織はよく仕掛けてくる。

いつもより丹念に舌を吸い上げてくる伊織の口の中は熱くて、いやらしい場所だ。

舌を挿し込むと悪戯っぽく吸われて咬まれ、お返しとばかりに今度は長い舌がくねり込んできて上顎を擦り、歯列を丁寧になぞっていく。

くちびるが性器になっていくような錯覚を味わう中、喉の奥にまで唾液がつうっと滴り落ちて、待ちきれずにこくりと喉を鳴らして飲む込むのがわかると、身体を引き起こされた。

「……熱、あるんじゃなかったのか」

「向井さんを好きすぎる熱なら」

いつになく甘く蕩けた雰囲気に背を押され、薄暗い寝室に導かれた。ここも、ベッドしかない。カーテンが閉まった部屋にベッドがひとつ。

まるで牢獄《ろうごく》みたいだ。

彩りも温もりもないこの部屋で、伊織はひとり寝起きし、ぼんやりと死ぬことを意識の片隅に置きながら、仕事をこなしていたのだろう。

情を寄せすぎると危険だとわかっていながら、年若の男を抱き締めずにいられなかった。

ドラマに書いた台詞は本音だ。

どれだけつらい目に遭っても、命を自分で刻むことはしたくない。悪いことばかりが続けば目が眩《くら》み、いいことが訪れても素直に喜べないこともあるだろうと向井もわかっている。だけど、いつかはかならずすべてが終わるのだから、それまでの日々を慈しみたい。

生きるというのは、自分に与えられた権利だと思っている。

その中に、憎しみも、愛おしさも数えきれないぐらいにこもっている。

——今日のこれは、俺の意思だ。

自分にそう言い聞かせて、伊織の背中を抱き締めた。

ゆっくりと体重をかけられてベッドに組み敷かれる間もねっとりと甘いキスが続き、腰が揺らめいてしまう。

互いに下肢を擦りつけ合い、それでも物足りなくて身体を起こし、伊織のそこに顔を埋めようとした。

「もしかして、向井さん、してくれるんですか」

「悪いか。どうせ下手だろうけど、……したいんだよ」

伊織のジーンズの前はとっくに昂ぶっていて、脱がすのも一苦労だ。なだめながらなんとか前を開き、下着の縁をずらすと、ぶるっと鋭角になる性器が飛び出してくる。

長くて重たい凶器を手にすると心臓が逸り出す。

見ている間にも、亀頭の割れ目からとろっと透明な滴が零れ落ちていく。その匂いに誘われて、思いきって口に含んだ。

「……っん……ふ……」

手で摑んでいるときよりも、口の中のほうがずっと熱く、大きく感じる。

――いつも、これで泣かされているのか……。

そう思うだけで腰の奥に痛みみたいな熱が走り、夢中で伊織の性器にむしゃぶりついた。懸命に啜り込んでも、到底全部は含みきれないほどの長さと硬さのある伊織のものをどうやって愛せば感じてくれるのかわからない。

「……ん、向井さん……」

かすかな吐息がたまらなく色っぽい。上体を起こした伊織は向井の髪を優しく掻き混ぜながら、腰をゆるく突き動かす。

そうされると喉の奥を突かれて苦しいのだが、伊織の整った顔が悩ましく崩れていくのを見落としたくない。

「向井さん……すごくいい」

「下手、じゃないか……？」

「大好きなあなたの口の中に挿れてるってだけで、いきそうです。僕も向井さんが欲しい。お尻、こっちに向けてください」

「……っ……」

抗ったのだが、ぐずぐずと蕩けそうな腰に指が食い込むと力が抜けてしまう。恥ずかしいのをなんとか堪え、伊織の顔の上に跨がった。

コーデュロイのパンツを脱がされる途中も窮屈で、「――ん」と背中をしならせたとき、大事なことを思い出した。

コックリングをはめたままだ。

「やめ、……っ伊織、待て、ちょっと、待てよ、……だめだ！」

「どうしてですか」

意に介さない伊織は下着の上から性器を撫でさすり、リングに気づいたらしい。驚いたような声を上げて、ずしりと重たい下肢に触れてきた。

「……こういうの、向井さん好きでしたか？　まさか、さっきの店でつけられたんですきに向井も負けて、本音を零した。

伊織が尻を摑んできて、下着の上から熱っぽい吐息を吹きかけてくる。その微弱な駆け引
「じゃ、誰が？　教えてくれないと、舐めてあげられませんよ」

「違う……」

か？」


「自分で……つけた」

「自分で？　どこかで買ったんですか、これ」

「宮乃が以前、部屋に置いていったものだ。伊織と宮乃以外の男でも反応するなら、俺は根っから快感に弱いだめな男だってことで納得しようとしてたんだ。……でも、……」

「反応しなかった？」

「……ん、……っ、んんっ……あぁ……伊織……」

正直に頷くとするっと下着を脱がされ、コックリングごとペニスを摑まれた。どくどくと脈打つ性器はすっかり完勃ちしていて、締めつけが苦しい。

リングのせいでぐぐっと根元からそそり勃つ自身が熱すぎて、なにかされたらすぐに弾けてしまいそうだ。

「自分で必死に擦って、勃たせて、はめたんだ……。見たかったな、その場面。向井さんが我慢しきれずにオナニーするところ、見たい。想像するだけでたまらない……。ねえ、ここ、

ほんとうに反応しなかったんですか？　リングが食い込むぐらい勃起してますよ」

「……っおまえが、変なふうに、さわ、るから……っ……」

「僕が触れているから勃ってしまう？　ふふっ、教えてあげましょうか、向井さん。この黒いリングがあなたのペニスの根元をぎっちり喰い締めていて、いつもより生々しい色でいやらしいですよ。もうぬるぬるじゃないですか。舐めなくてもどんどん溢れてくる。……舐めてほしいですか？」

「う……」

激しく頭を振ったけれど、伊織は丹念にそこを揉み込むだけで、先のことをしてくれない。

「舐めてほしいならそう言ってください。あなたの意思で、ここを僕に舐めてほしいって」

「……ッぅ……舐めて……ほしい……伊織に……」

掠れた声でなんとか頼み込むと、舌先で割れ目をちろっと抉られた。それだけで腰が落ち、伊織の口淫の虜《とりこ》になってしまう。

「あ、あ……っは……ぁ……」

長い舌でくるみ込まれて啜られ、向井も伊織のものを頬張った。

だけど、リングごと扱かれる壮絶な快感に飲み込まれてしまう。

どうしてこうも、伊織は自分のいいところを知っているのだろう。裏筋を丁寧に舐められ、ちゅぷちゅぷと浅く吸われると、自分でもどうかと思うほどに声が止まらない。

あえなく彼の口の中に放ち、激しく脈打つ性器からリングをぎゅうっと外される間も快感が止まらない。

「伊織、……っいおり……」

唾液で濡らした指がアナルを慎重に探ってくる。

達したばかりだからか、そこはすぐに伊織の愛撫に応えて疼き、柔らかな侵入経路を作ってしまう。

湿った肉襞を掻き分けて挿ってくる伊織の雄の感触を想像しただけで、指先までちりちりと熱くなる。

ベッドヘッドの抽斗を開けてゴムを探しているらしい伊織の手を掴み、「このまま」と囁いた。

「……このまま、してくれないか」

「ナマで？　でも、向井さんに負担がかかりますよ」

「それでもいいから、してほしい。……なんでおまえ、いつも俺の中でいかないんだ？　絶対にゴム、つけるだろ」

「気にしてたんですか、そんなこと」

目を瞠って、伊織が笑う。

「……あなたに負担をかけたくなかった。それに、宮乃さんのものと、僕のが混ざり合ってしまうのは絶対に嫌だったんですよ。ゴムをつけていれば、感触の違いもはっきりわかりますからね。向井さんの中で、僕とあのひとを混ぜたくなかったんです」

「なんだ、そんなことだったのか……」

「そんなことが大事なんです。本音を言えば、向井さん、僕だってナマであなたの中に挿りたい。挿れるだけじゃなくて——動きたい。僕のナマの性器でめちゃくちゃ揺さぶって、形を覚えさせたら、最後は向井さんの中で射精したい。いいですか？」

目を奪う美貌とは真逆の露骨で飢えた声を耳にして、全身が火照り出す。

必死に頷いて、伊織の首にしがみついた。

こんなはしたない身体になったことを悔やみたいが、誰にでも反応するわけじゃない。

自分だって、ずっと惹かれていたのだ。この年下の男に。

——伊織だからこそだ。伊織が相手だからこそ。伊織と俺と……俺は、なにか大切なことを忘れてないか？

霞《かす》む意識の中に浮かぶ疑問を追いかけようとしたときだった。

あともう少しで繋がる寸前、伊織が弾かれたように顔を上げた。

「——電話が鳴ってる。向井さんの」

「……え……」

脱ぎ落としたコーデュロイパンツの尻ポケットから携帯電話を取り出し、伊織が渡してきた。顔が強張っている。

「もしもし」

『ふたりで会ってるのか』

「……宮乃！」

『やっぱりそうなのか。店から連絡があった。おまえと伊織がふたりでいたってな』

低く掠れた声に、一瞬にして色気が吹っ飛んだ。

宮乃の執着心はどこまでも凄まじい。

仰天する向井に、伊織が心配そうな顔でシャツを羽織らせてくれた。

『ふたりきりで会わないという約束を違《たが》えたな。いまからおまえたちの映像をネットに流す』

「待て、宮乃、——違うんだ、いますぐ会いに行くから話を聞け。家にいるのか？」

『……ああ。一時間以内に来い。間に合わなかったら全部終わりにする』

一方的に電話が切れて、しばらくなにも考えられなかった。

「違う、ってなにが違うんですか。僕とのことをなかったことにするんですか？」

とっさに出た言葉を咎めるかのような伊織を見つめ、向井は「そうじゃない」とため息をついてのろのろと身づくろいを整えた。

「でも、約束を破ったのはほんとうだ。裏方の俺はともかく、おまえのスキャンダラスな映像が出回るのを止めないと」

「宮乃さんの狂言かもしれないじゃないですか。ほんとうにお人好しだな……」

醒めた顔をしていたけれど、伊織もシャツを羽織った。

「僕も行きます」

「伊織」

「あなたをひとりで行かせて、みすみす宮乃さんに奪われたくありませんから」

「そういうんじゃ……」

ないと言いかけて言葉を飲み込み、向井はシャツの襟を正した。


過去、何度か訪れたことがある宮乃が住む低層階のマンションは、落ち着いた雰囲気の西麻布《にしあざぶ》にある。エントランスフロアに二十四時間常駐しているコンシェルジュに来訪を告げると、専用のエレベーターに案内された。

車好きの宮乃らしく、愛車を室内からも眺められるという特殊な部屋に住んでいる。以前、遊びに来たときは車に乗ったまま住居の中に入り、部屋に上げてもらった。

セキュリティはもちろん、プライバシーの高さと愛車をいつでも見られるという豪華な条件がつくあたり、『すごいな』と手放しで賞賛したら、宮乃は少し照れていた。

都心なのに喧噪とはほど遠く、二台の車が入るガレージと、季節によって寝る部屋を替えるというベッドルームが二つ。バスルーム、リビングとダイニングルームもゆとりがある。

独り住まいにしては豪勢すぎる物件だが、普段から大勢のひとに囲まれるのが仕事の宮乃は、プライベートぐらい誰にも気兼ねすることなく、広々とした空間で過ごしたいと言っていた。

宮乃が住むフロアに下り、玄関のドアを引いてみると、開いている。

「……宮乃？」

贅沢《ぜいたく》な空間のどこからも声がしない。灯りという灯りをつけているらしく、どこも煌々《こうこう》と明るい。

「ミヤ……？」

室内に入っても靴を脱ぐ場所は限られている。

『寝室とバスルーム以外はほとんど靴で歩いていいんだ、ハウスキーパーが毎日掃除してくれるんだ』

ここに初めて遊びに来た日、玄関を上がってすぐに靴を脱ごうとした向井に宮乃は笑って教えてくれた。リビングルーム、ダイニングルームにも宮乃の姿はない。ふたつある寝室のどちらかだろうか。

伊織を従えて北側にあるベッドルームの両開きの扉を開けたときだった。

ダンッと低い音とともに顔の真横を鋭い空気が切り裂く。向井を庇うように、伊織が前に飛び出した。

「向井さん！」

向井の右の壁にナイフが深々と突き刺さっていた。

正面のベッドに、宮乃が座っていた。足元にはトランクケースがいくつも乱雑に開かれている。どれも大小のナイフが収められていた。すべて鞘《さや》が抜いてあり、美しくも危うい刃が灯りを受けて輝いている。長いことつき合ってきた仲だが、宮乃が優れたナイフマニアだというのは今日初めて知ったことだ。

まるでダーツをするかのような気楽さで宮乃はナイフを手にする。

空中に放り上げ、くるっと二度、見事な回転とともに落下してくるナイフの柄を素早く握り締めた。

「なにを……！」

伊織の叫び声をものともしない宮乃が思いきり投げたナイフが、今度は左横に突き刺さる。

同時に背後で扉が重々しく閉じる音が響いた。

「……宮乃……」

右、左と突き立ったナイフを視界の片隅に映し、ちらっと視線を上向けて思わず声を失った。

一歩前に踏み出していた伊織も向井の気配に気づいて振り返り、「——あ」と掠れた声を上げる。

「……っ……」

「俺がどれだけおまえを愛しているか、これでわかったか」

静かな声音の宮乃がもう一本ナイフを手にし、物憂げに向井を見つめる。

初めて足を踏み入れた寝室は凝った作りだ。

床は温かみのある木材で敷き詰められ、天井はまるでプラネタリウムのようなドーム型になっている。キングサイズのベッドに寝転がれば、ガラス張りの天井の向こうにさぞかし美しい星空が見えるのだろう。

だけど、向井の目が釘づけになっているのは丁寧なカットを施したガラス天井ではなく、ぐるりと取り巻く円形の壁だった。

そこには隙間なく、写真が貼《は》られていた。ノート大の写真もあれば、ポスターサイズのものもある。特殊な業者に極秘裏に頼んだのか、宮乃が自分で加工したのか。

そのすべてに、自分が写っていた。

食事しながら笑っている自分。テレビに見入っている自分。酒の席でなんとなくぼんやりしている自分。脚本に没頭している自分。

それから――背後から宮乃に貫かれて歯を食いしばる自分。

仰向《あおむ》けで宮乃を正面から受け入れ、乳首を弄られて悔しげによがる自分。

うしろから突かれて、卑猥に赤らむ秘部を隠そうとして腰をよじらせている自分。

伊織と宮乃のものをそれぞれ握り、宮乃の男根から垂れる滴を受け止めようとして上気した顔で舌を突き出している自分。

宮乃に中出しされた直後で、アナルからどろっと白濁を零している場面を大写しにしている写真もあった。

力強く上向く宮乃の大きな亀頭の先から垂れ落ちる精液がねっとりと白い糸を引き、抜かれたばかりの向井のアナルから溢れ出す残滓と繋がっているという、男同士の性行為として決定的な一場面はとくにお気に入りなのか、鮮明な解像度で大きく刷り出されていた。

宮乃の逞しい指が向井の秘部を拡げ、ついさっきまで浅ましく男を咥え込んでいた媚肉の深い色を見せつけている。

尻の向こう側に濡れそぼる向井の性器と、立て続けにいかされて陶然とした自分の顔があった。欲望を叩きつけて舌なめずりしている宮乃の顔は右斜め上にぎりぎり入っている。

向井自身が忘れていたような若い頃もあれば、つい最近のものまで、とにかく膨大な数の写真が円形の壁にびっしりと貼られていた。

伊織の顔はうまいことカットしたか、他の写真に被せてしまって見えないようにしているらしい。

ありとあらゆる向井の顔。そして宮乃との交わり。

極まったコレクションの数々に圧倒され、いつ、こんな隠し撮りをしていたんだと疑問すら声にならない。ここはハウスキーパーも入れない、宮乃だけの秘密の部屋だ。

「頭がおかしいと思うだろう。気味が悪いと思うだろう。どっちでもいいんだ。俺は向井だけを見てきた——そのことが伝わればいい。おまえに会えなくてどうしても我慢できない夜はこの部屋で自分を慰めた。昔は何度も。でもいまはなんとか我慢して、眺めるだけにしている。どうしてかわかるか？」

「どうして……」

「おまえを実際に抱けるからだ」

宮乃は立ち上がり、シャツの胸ポケットから煙草とブックマッチを取り出す。

煙草は役者の命を縮めるからとずいぶん若い頃にやめたはずじゃないかという考えが顔に出ていたのだろう。

男っぽく研ぎ澄まされた顔を傾けて煙草をくわえ、向井と視線を絡めながらマッチを擦る宮乃の大胆さ、剛胆さ、そして底なしの執着心を見せつけられた気がする。

燐《りん》が燃える独特の匂いがつかの間部屋を満たした。

「向井、おまえは煙草と一緒だ。一度はまったら二度と抜け出せない。やめようやめようと思っても我慢しきれずについ手を出してしまう」

ふうっと煙を吐き出して笑う宮乃から目が離せない。こんなときに、どうして微笑むことができるのか。

宮乃にとってもっとも大切であり、かつ最大の弱点ともなる心臓部――この世で宮乃が唯一愛する向井の日常から痴態のすべてをコレクションした秘密の寝室に、向井自身と伊織を招き入れて、なぜ余裕に満ちた微笑みを浮かべられるのか。

「ここで終わりにする」

向井の胸の裡を読んだかのように、宮乃が応えた。

「もし、おまえが伊織を選ぶというならここで伊織を殺す。次に向井、おまえとふたりでじっくり話し合って、『愛している』という言葉が聞けたら殺す。最後に俺だ。大丈夫だ。俺は約束を違えない。守れない約束は最初からしない」

宮乃がふたりの背後の扉を示すように顎をしゃくった。

「扉には鍵をかけたから、ここから出られない」

弾かれたように伊織が踵《きびす》を返し、扉の取っ手を力一杯引っ張るが、開かないのだろう。向井に、だめだ、というように頭を振る。

「伊織とおまえをふたりきりにさせておくなんてとても無理だ。気が狂う。伊織が裏切るのは目に見えていたことだ。だから、今夜ここで全部終わりにする。こんなふうにしか愛せない俺を憎んでくれて構わない。——嫌われてもいい。だけど、おまえだけは他の誰にも絶対に渡さない。俺と出会ったのが運の尽きだったな、向井」

言葉こそは傲慢で鼻持ちならないが、声の底にやるせなさと絶望感を聞き取り、向井は一歩踏み出した。

「——向井さん!」

「どうして——そんな極端なことになるんだ。俺ごときの存在で死ぬなんておかしいだろ、おまえも、伊織も」

「……伊織、か」

そこで初めて宮乃は伊織の存在を認めたらしく、宮乃がふっと笑う。

一見、朗らかな笑みに見えるが、底には狂気と独占欲が渦巻いている。

長いこと、自慢の友人だった宮乃の完璧なまでの笑顔の裏には、深い闇が潜んでいたのだといま初めて知った。

「伊織も、向井の強さに惚れたか。だったら、わかるよな? 向井の強さを知ったら、もう他の誰を相手にしても満足できない。……向井にはある特定の人間を惹きつける磁力があるんだ。いささか鼻につく言い方だろうが、自我が弱い人間なんだ、俺も、たぶん伊織、おまえもな」

「……」

伊織は向井の盾となるためすぐ脇に立ち、鋭い眼差しを宮乃に向けている。

「だから、芯の強い向井と一緒にいると安心する。こんな自分でも向井はいいと言ってくれる。必要だと言ってくれるうえに、『もっと話を聞かせてくれ』と求めてくれるんだ。それがどんなにこころ強い支えになっているか、向井自身はあまりわからないだろうが……おまえは誰よりも深く胸に食い込んでくる。そういう向井の優しさを伊織も知っているというのか？」

「……あなたほど長く一緒に過ごしてきたわけではありませんが、向井さんがどれだけ包容力のあるひとか、僕は知っています」

「向井に目を留める奴はかなりいたんだ。昔も、いまも。でも、俺がいままでなんとか遠ざけてきたんだ。女と結婚したときは仕方ないと思ったが、ほっともした。これでもう、他の男は狙わないだろうってな。だけど、また運が巡ってきて向井がひとりになって——今度こそ俺がしあわせにすると誓った矢先に伊織、おまえが頭を突っ込んでくるからおかしなことになったんだ」

淡々と言った宮乃が、右手をなにげなく振った。

ドンッと重い音が響く。

短刀が伊織と宮乃の隙間をすり抜けて壁に突き刺さった。

予期していたのか、まったく身じろぎしない伊織の左頬にすうっと赤い線が浮かび、またたく間に血が滲み出す。

「待てよ、宮乃！」

伊織を最初に殺すという言葉に嘘はないのだとわかり、慌てて踏み出す向井の腕を伊織がぐっと引き戻してきた。

振り向くと、左頬をぐいっと拭《ぬぐ》った伊織は挑発的にくちびるの端を吊り上げていた。ぎらぎらと両目が輝き、妖気のようなものが彼の身体から立ち上っている。

殺されるかもしれないというこの一瞬を、まるで心底楽しんでいるかのように。

こんな場面で堂々と笑える伊織に唖然とし、宮乃に目を向けると、彼もしたたかな微笑を浮かべていた。

「俺は伊織よりずっと昔に向井に出会って、その強さに励まされてきた。いつでも向井を想っていたから、どんな女優相手でも本気に近い演技ができた」

「胸の中では向井さんに愛を誓っていたからですか？」

「そうだ。どっちが先に向井に近づいたら勝ちだとか馬鹿なことは言わない。とうの昔に、一度は女に奪われたんだからな。あのとき、全力で奪い返さなかった俺が情けないというだけの話だ。だが、二度も邪魔されて黙っているほどの腑抜けでもない。相手が男ならなおさらだ。伊織、おまえを殺すのは簡単だ。俺はおまえをなんとも思っていないから無駄な時間をかけたくない。一瞬で殺してやる。もう一度聞くが……」

「引き下がりません」

「そうか」

いち早く言葉を遮った伊織に、宮乃は仄暗い目をして吸い終えた煙草を弾き飛ばし、靴の爪先《つまさき》でねじ潰す。

それから、腰を屈めてトランクの中からナイフをもう一本取り出す。

空中に放り上げられた刃が、灯りを受けてぎらりと輝き、壁一面に貼られた向井を――宮乃を――ふたりの行為を切り裂くように回転した。

その回転に向井は魅入られ、ぼうっとしていた。

一呼吸したあとに殺されるかもしれないと恐怖心が募るのに、上辺を剝ぎ取った宮乃のふてぶてしさにどうしようもなく惹きつけられた。

表で見る爽やかなイメージは欠片もなく、自分のやりたいようにやると言いきる男の本性を垣間見て、――こいつに、違う仮面をつけさせたらどうなるのだろう、誰からも好かれて頼れそうに見えるのに、思わぬ脆さを抱え込んでいる、そんな『宮乃亘という人物』をあえて本人に演じさせたらどうなるのだろう、と考えていた。

伊織もそうだ。見た目が綺麗だというだけじゃない。幼い頃に大切な愛情を失い、こころの一部が脆いまま大人になった。役者という道を選んだことで大勢の注目を浴び、多少の寂しさは埋められるのだろうが、伊織の本質はいまだ変わっていない。ライトを浴びなくても輝き、多くのひとから愛されるのに、けっして癒《い》えない喪失感を抱いている、『伊織柳という人物』を真っ向から演じさせたら、伊織はどうなるのだろう。

誰も、なにも言わなかった。

ひゅん、とナイフが空気を裂く音だけが響く部屋の中で、三人は刃の軌跡に見入っていた。大きく一回転したナイフの柄を宮乃がしっかりと受け止めた。

「――向井、この先どうするか、おまえが決めてくれ」

「……俺が?」

「ああ。いままで俺と伊織は一方的におまえを振り回した。欲しいという気持ちを形にしただけだが、向井にとっては苦痛に思えたこともあったかもしれない。だから、決着はおまえがつけてくれ」

そう言った宮乃がナイフを向井に手渡してきた。

「そんな……いまさら……」

ずしりと重たいナイフには、宮乃、伊織、そして自分の命がゆだねられている。伊織を見た。頬にかすり傷を負った彼も覚悟を決めたようで、ひとつ頷く。

「あなたに、任せます」

ナイフを受け取り、向井はうつむいた。

なにも考えず、衝動に任せてふたりとも殺すという選択肢がひとつ。

どちらかを殺して、生き残らせてやったほうと穏やかな日常を取り戻すという選択肢がひとつ。

自分だけが死ぬという選択肢がひとつ。

――だけど、ここで引き下がれるか。どっちかを殺して、どっちかと新しい日々を築くなんてできるわけないと俺自身が一番よくわかっているじゃないか。そんなのは現実的じゃない。じゃあ、どうする？　死ぬことも殺すこともできない。俺はこの先をどうするんだ？

宮乃も伊織も、優れた役者だ。

彼らに仮面をつけさせ、それまで自覚していなかった素顔の一面を引き出してみたい。脚本家である自分次第で、この状況はいかようにも変わるのではないだろうか。

やってみたい。

やり通せるものなら、全力を出す。

彼らに身体を蹂躙されても、こころはそうじゃないと思い知らせたい。

深いため息をついて、顔を上げた。

「……どういう結末になっても、いいんだな」

念を押すと、宮乃も伊織も頷いた。その目に、少しばかりの緊張が走ったように見えたのは気のせいか。

「時間をくれ」

数週間、宮乃たちとは会わず、自宅にこもった。約束していた舞台の脚本を書き上げねばならない。

日々、さまざまなことを思い返し、向井は誰とも口をきかずに過ごした。迂闊《うかつ》に口を開けば、いま胸で温めている純粋で屈折した想いが目減りしてしまう。

この身に起こったことを冷静に文字で再現し、あまりの屈辱に立ち直れない夜もあった。

過去の自分ならば、修復不可能なまでにこじれた人間関係には執着せず、すっぱり諦めをつけて引き下がろうとしていたはずだ。離婚が最たる例だ。

だが、いまは違う。

リビングの窓の外は冬が来ていた。壁にかけたカレンダーはもう十一月だ。

丸テーブルに載せたノートパソコンから目を転じて、凝り固まった肩を何度か回した。

ぬるくなったコーヒーを飲み、瞼を閉じた。

身体中に力が漲ってくる。自分の生き方は自分で決める。もう、誰にも惑わされない。

「……消すか」

ふっと胸から熱い焔《ほむら》が零れ出るような呟きに、いつかの伊織が芝居で言っていた台詞を思い出す。

『……燃やすか』

あの台詞を耳にしたときは、こんないまがあることを予想だにしていなかった。

いま、置かれているこれが現実だ。

数えきれないほど伊織と宮乃に辱められ、感じさせられるようになった身体はつねに奥のほうが疼いている。

次にいつ会うかは自分が決めると言ってあり、宮乃も伊織も精一杯自制して従っているようだった。

焦らされているのは彼らだけではない。

——俺だってそうだ。どんな結末にするのか決めていても、いざそのときが来たらどうなるのかわからない。これが正しい選択肢なのかどうか、判別がつかないけれど、選ばなければ自滅する。

「こんなふうにしたのはあいつらだ。あいつらのせいですべてが狂ったんだ……でも……」

死んでしまおうか、と考えると暗い闇へと引きずり込まれていくだけだから、それは考えない。

彼らを憎み続けることに専念できればそれはそれである意味しあわせだったのかもしれないが、このままでは終わりたくないという一念がかろうじて向井を支えていた。

自分の身に起こった出来事を鮮明に思い出し、物語にしていくのは酷すぎる。自身を切り売りするやり方を一度覚えてしまったら、もう戻れない。

——だけど、書かないと暴発する。どうすればいい？　性的な描写は一切書かないとルールを決めよう。そこまで自分を売ることはしなくていい。こころの深淵をのぞく描写だけにする。俺が、伊織と宮乃をどう思ったか。宮乃は伊織を、伊織は宮乃をどう思っていたのか。似ているようでまったく違う性質の彼らはどう向き合っていたのか、徹底して書きたい。言葉にしないと、俺たちはいつか壊れる。

目の前のノートパソコンには書きかけの原稿が映し出されている。

この身体に鮮やかな痕を残した宮乃亘という人間、伊織柳という人間の強みと弱みの両方をいまの自分は知っている。

それを物語にし、彼らに演じさせることが向井にとっての究極の反撃だ。

台詞を与えられず、ライトにも当たらない役者ほど惨めなものはない。

彼らにそんな想いはさせない。

宮乃も伊織も、徹底的に追い詰め、磨き上げてやる。

やがてひと息ついて、向井は長い長い、終わりのない愛憎入り混じる話を書き始めた。

その話には、ある二人の名前が繰り返し登場する。

その名前を愛おしく見つめ、ときおり憎く睨み、向井はいつしか眠るのも忘れ、物語の終着点に向かって一心不乱にキーを叩き続けた。

——こんなことをしたって、絶対に忘れるはずがないってわかってるけどな。

しまいには指先が擦れて痛むほどに、名前を打ち込んでは消し、打ち込んでは消し。削除、削除。削除。

そして、物語は外に向かって扉を開く。

ようこそ、奈落へ。

「向井さんにとって、これが初めての舞台用の脚本となりますが、いまのご心境はいかがですか?」

「やはり緊張しますね。テレビドラマとはまったく違っていて、役者のナマの息遣いが観客の皆さんに直接届くわけですから。生意気なことを言うようですが、役者が発する台詞が観客の皆さんに自然に馴染んで、『ああ、自分もきっとこんなことを言うだろうな』と思ってもらえたら最高です」

「その主役ということで、宮乃亘さん。爽やかで誰からも好感を持たれるといういつもの宮乃さんらしい役柄とはがらっと変わって、自分の中に潜む狂気を見い出すという難しい役が来たわけですが、いかがですか」

「役者として、大変光栄です」

司会進行役の男性アナウンサーに話を振られて、宮乃は笑顔で応える。

「解釈が難しい役柄ですが、やりがいがあります。狂気とは無縁の平凡な性格なので、向井さんの書く芝居で人格が変わる楽しみが味わえたらいいなと思います」

宮乃の軽口にマスコミ陣が沸く。多くのフラッシュが焚《た》かれる中で、宮乃はいつもどおり男らしく気さくな笑みを浮かべていた。

チャコールグレイのざっくりしたニットが宮乃の男らしさを引き立てている。

こんな男が同僚にいてくれたらきっと頼もしいだろう。恋人や家族になってくれたら毎日が楽しくて華やかになるはずだと、男女問わずに惹きつける自然で温かな振る舞いが、宮乃の最大の武器だ。

十一月の晴れた午後、都心のホテルで開かれた記者会見には意外にも大勢のマスコミがつめかけた。

脚本家としてはほぼ無名の向井が、業界内でもトップクラスの演技力を持つ宮乃を指名したせいだろう。この会場にはきっと、先輩脚本家の青木もいる。

年が明け、三月の頭から二週間、吉祥寺《きちじょうじ》にある有名な劇場で向井の作品がかかると決まって、青木は手放しで喜んでくれた。

場が和やかになったところを見計らい、向井は司会者にちらりと視線を送った。司会者もすぐに頷き、「それでは」と声を張り上げた。

「ここで、もうひとりの主役を演じる方にご登場いただきましょう。――伊織柳さん！」

左に座る宮乃が、ぎくりと顔を強張らせるのが伝わってくる。

カメラのフラッシュを浴びながら、右袖から登場してくる伊織は洒脱な印象のメタルフレームの眼鏡をかけている。

清潔感のあるVネックのニットは紺色で、伊織のきめ細かな肌によく似合う。

先輩や部下として一緒に働けたら大きなことが成し遂げられそうだ。恋人になってもらえたらみんなに自慢してみたくなる――ひとびとの優越感をくすぐるのが若手俳優の伊織に備わっているイメージだ。

笑顔で会釈し、右に座る伊織がいつもよりぎくしゃくしていることを、向井だけが知っていた。

「では、もう一度向井さんに伺いましょう。異例のふたり芝居だとひそかに伺っていました。宮乃さん、そして伊織さんとタイプの違う役者が挑む芝居内容を聞かせてください」

両側から感じる圧力をものともせず、向井は深く息を吸い込んだ。

「ご覧のとおり、宮乃さんも伊織さんも見た目からしてまったく違います。誰もが、自分の中に善悪を持っているでしょう？　元気に明るく振る舞っていても、じつは他人を妬んだり僻んだり、けなしたりする一方で、自分を貶めたりする闇を誰でも持っています。普通ならそこから目を逸らしたい、見たくないと思うはずです。だからこそ、芝居にしてみたかったんです。今回、ひとりの人間の善悪をベテランの宮乃さんと新人の伊織さんに演じてもらうというのは、じつはこの場で初めて発表することで、彼らには白紙の状態でインタビューに来てもらいました。ふたりとも、びっくりしているようですね」

ざわめきが場内に広がる。

宮乃も伊織も一瞬茫然とした顔をしていたが、なんとか笑顔で切り抜けている。

「……驚きましたよ。寸前まで向井さんはなにも言ってくれないから」

「僕も、袖で待機している間、これはほんとうのことなのかってずっと自分に問いかけていました」

宮乃と伊織がそれぞれ応える。どちらもいい度胸だ。

この展開に素直に驚き、次には笑顔を見せるという気の強さは、生まれつきの性分だろう。その驚いた表情や新鮮な笑顔を切り取ろうと多くのフラッシュが焚かれた。

宮乃たちの驚きが嘘にならないように、向井は脚本を仕上げるかたわら、事務所とも何度も相談し、この会見が叶うよう尽力した。

役者を辞めて裏方に回ると決めたときから、向井はそれまでよりもさらにちいさな事務所に移籍したのだが、幸運にも宮乃たちがいる大手事務所との繋がりがあった。

先方の事務所は最初、『ベテランの宮乃だけにでも事前にふたり芝居だということを知らせてやらないか。彼のプライドを尊重するためにも』と言ってきた。

　当然の言葉だと思うが、『キャリアを積んでいる宮乃さんだからこそ、アクシデントをサプライズに替えるだけの技量を持っているはずです。芝居で対立させるのだから、初めから伊織さんと馴れ合わないほうがいいと思うんですよ』と丁寧に口説いたところ、どうにか了承してもらえたのだ。

「鏡に映ることで、ひとは、自分がどんな顔をしているのか初めて知りますよね。手で触っても鼻が高いとか低いとか、くちびるが厚めとか薄めとか、そういった『感触』しかわからない。写真に残る自分や鏡、そして他人の目を通して初めて客観的に見える自分の容姿や仕草、ものの考え方は果たして信頼に値するのか、好きになれるのか、それとも憎んでしまうのかという、誰でも抱きがちなコンプレックスをベースに、善悪が語り合う——そういう芝居をふたりに演じてもらおうと思っています」

「宮乃さんが善、伊織さんが悪だと棲《す》み分けしているんですか?」

　悪戯っぽく聞いた司会者に、「いいえ」と向井は笑って頭を振る。

「善悪というのは、あくまでもたとえです。宮乃さんも伊織さんも、異なる魅力を持っています。表の顔は爽やかな宮乃さんがいいというひともいれば、クールな印象の伊織さんがいいというひともいるでしょう。悪もそれと同じです。伊織さんが冷ややかに、宮乃さんがふてぶてしい顔を見せたら、たぶん皆さんはいつもとあまりに違う顔に驚くでしょうが、大胆な悪の面で物事を鮮やかに切り抜けていくことにもきっと惹かれるはずです。『他人にどんなふうに見られたいか』という虚栄心と、その裏側に隠された本音を、宮乃さんと伊織さんに交互に語ってもらいながら、自分というひとりの人間を愛し、憎むという筋になります。才能がある彼らなら、徹底した演技を見せてくれるはずだと、僕自身、稽古が始まるのを楽しみにしていますよ」

言いきると、ぎりっという低い音が聞こえてきた。

カメラのシャッターやフラッシュ音が続く中、宮乃、伊織のどちらが歯を嚙み締めたのかわからない。

——わからなくていいことも、たまにはある。俺たち三人がどんな関係にあるかなんて、誰も知らなくていい。

みぞおちに力を込めると、司会者がにこやかに話を引き取った。

「宮乃さんと伊織さんは偶然にも同じ事務所の先輩と後輩ということで、しかも初共演。芝居での衝突が見どころのひとつになりそうですね。向井さん自身、数年前まで舞台に立っていた実力派ですから……」

「役者の僕は賞味期限が切れてしまいましたがね」

司会者の気遣いをさらりと切り返す向井に、再びマスコミがどっと沸く。取材陣の中には、かつて板に上がっていた向井を知っている者もいるだろうが、大半は、『名前を聞いたことがあるな』という程度のものだろう。それでも構わない。表舞台からは遠ざかってしまったが、いまの自分には芝居を書くという力が備わっているのだ。宮乃や伊織といった一流の役者を生かすも殺すも自分の腕次第だと思うと、武者震いがする。

伊織も宮乃も優雅に微笑んでいる。綺麗で頼れる表向きの笑顔を剝がせば、誰もが声を失うほどの凄まじい執着に満ちた愛情を彼らは潜めているのだ。

「いい脚本家の先輩にも恵まれたし、――宮乃さん、伊織さんという素晴らしいキャストに出てもらう以上は、おもしろい話にしたいと思っています。皆さん、ぜひ観にいらしてください」

「それでは、お三方で握手をどうぞ！」

立ち上がって手を出すと、伊織が手を重ねてきて、もうひとつの手を出すと今度は宮乃が押さえ込んでくる。

「皆さんを惹きつける芝居になると約束します」

「僕と宮乃さんのどちらが善悪で、どちらがより魅力的に映るか、とことんやり合います」

宮乃が礼儀正しく言えば、年若の伊織が焚きつけ、互いに火花を散らすような視線を交わしてしっかりと頷く。

まばゆいまでのフラッシュが焚かれ、宮乃も伊織もマスコミのかけ声にそろって笑顔を見

せる。

熱く、逞しい手と手の間に挟まれ、ねじ込まれ、捕まえられて逃げられない向井はただひとり、背中に冷や汗が落ちるのを感じていた。

賽《さい》は投げられたのだ。


「……見事にはめてくれたな」

低い唸り声を漏らす宮乃の隣で、伊織も肩をそびやかしていた。

「こんなことになるとは思わなかった。僕の中のもうひとりが、このひとですか？　冗談じゃない」

ふたりは睨み合い、おもしろくなさそうに顔をそらす。

マスコミにとってはサプライズの多かった記者会見、けれど当の宮乃と伊織にとっては席上で初めて共演を知らされるというアクシデントに見舞われ、正直、笑顔を振りまくのも精一杯だっただろう。

——でも、俺の目に狂いはなかった。宮乃も伊織も見事に切り抜けてみせた。あの火花を散らすような一瞬は、事前に展開を知っていたら生まれていなかった。

記者会見を終えたあと、向井は控え室に移り、あとを追ってきた宮乃と伊織に向き直った。

「これが俺にとっての最善の案だ。ふたりの最高の実力を舞台で——役者という仕事で競い合わせたい」

「だからって、こんなやり方は」

「伊織も宮乃も、俺に決断をゆだねたはずだ。どんな結末になってもいいと言っただろう？」

言い被せると伊織が頰を引き攣らせて黙り込み、宮乃も横を向いている。承伏しかねるという素直な感情をあらわにした宮乃は、けっして表では見られない。

そのことに少し笑いたいけれど、向井は顔を引き締めた。

「冗談を言っているつもりもないし、おまえたちふたりを愚弄《ぐろう》するつもりもまったくない。はめたつもりもない。ふたりの力を信じているんだ。『自分』を演じながら、方向性がまったく違う互いを胸の中に棲まわせてみたい。宮乃」

壁によりかかり、腕を組む宮乃が傲然と顔を上げる。

「おまえはどこからどう見ても頼れる完璧な大人の男なのに、いびつな執着心を発散できずにもがいている。伊織、おまえはそれだけ人目を惹きつける美貌を持っているのに、他人に愛されないことを怖がっている。……誰でもそうだ。他人に暴かれたくない脆さを胸の裡に いくつも抱え込んでるよな。その欲望や絶望、希望や失望を『仮面』にして、あからさまに

さらしてしまえば、強くなれる。もうなにも怖いことはない。芝居としてやってしまえば、苦しみから解放されるはずだ。演技を超えた迫真の演技に、観客もきっとのめり込む」

「どういう意味で言ってるのか、わかってるのか、向井」

険しさを隠さない顔の宮乃が首を傾げる。

「俺も、伊織も、おまえという男を愛したくて、独占したくてたまらないんだ。なぜ、どちらか片方を選ばなかったんだ？　自分の胸の裡がどうであるかなんて、俺自身がいちばんよく知っている。情けないほど自信がなくて、向井を愛することでなんとか自立心を保っていられるんだ。依存度の高い俺自身を、たとえ芝居だとしても解放していいとなったら――しかも伊織と真っ向からぶつかっていいとなったら――陰で控えているおまえが壊れるぞ。俺の欲望のすべてを受け止めきれるのか？」

偽らない本音が身体を熱くする。だけど、向井は目を逸らさず、頷いた。

「……覚悟はしている。だけど、この芝居をとおして、おまえたちが少しでも理解し合うことはできないか？　……その、俺を求めるという点ではふたりとも共通しているだろう。互いの寂しさを推し量って、愛するという可能性はないのか？」

「それこそ机上の空論ですね。宮乃さんを愛する？　誰がそんな真似《まね》を。同病相憐《あいあわ》れむなんてごめんだな」

伊織が鋭く言いきり、ひとつ息を吐いて楽しげに目を輝かせる。瞬時に変わるその鮮やか

な表情に、これから先も惹きつけられていくのだろう。

「向井さん、僕はあなたを愛しています。自分とはまったく違う。宮乃さんと僕自身を混在させるつもりもない。僕はこの勝負、乗りますよ」

「俺も辞退する気はさらさらない。もしも、向井が悪知恵を働かせて俺たちふたりを衝突させた挙げ句に自滅する展開を望んでこの芝居をやりたいんだと考えていたら——甘く見るなよ、向井。脚本はおまえが書いても、板の上は役者のものだ。台本にはない台詞を言うかもしれない。稽古とは違う演出をやらかすかもしれない。おまえが求めた結末とは百八十度違うエンディングで幕が下りることも計算に入ってるんだろうな？」

「ああ」

自分でも、意外なほどすんなりと声が出た。

誰も捨てられない、自分も死ぬことはできないとなったら、この欲深い結末が残った。

それが自分の選んだ選択肢なのだから、ふたりに真相を明かすのはいささかもためらいがなかった。

最後の最後になって嘘をつきたくない。

卑怯な仕掛けを作るなら、芝居の上がいい。

「板に乗ったらおまえたちふたりの独断場になることはわかっている。それでも、俺はどちらかを切り捨てて、どちらかだけを残すなんてできなかった。……魅力の違うふたりに惹か

れているんだ。──宮乃が好きだ。伊織が、好きなんだ」

初めて吐露した想いに、宮乃も伊織も目を丸くしている。

本音を漏らすことで、このあと、どれだけの災厄に見舞われるか、想像していないわけではなかったが。

わかりきった生き方なんてつまらない。ト書きに沿って動く物語は芝居だけでいいと思う自分のこの度胸は、いつの間に備わったのだろうか。

パートナーがいなくなった部屋は水が抜けたプールみたいだと思っていた頃が懐かしい。がらんどうのこころを持て余していたことを、宮乃も伊織も勘づいていたのかもしれない。からからに乾いていたプールは彼らの極まった愛情で満たされ、──こんなのは異常だ、無理だ、長続きするわけがないと思っていたはずなのに、いまでは水が溢れ出す寸前まで求めてしまう貪欲な自分がいる。

ふたりのどちらかを選べなかった、のではない。

どちらも選び取ったから、いま、彼らに手を摑まれているのだ。

宮乃が右手を、伊織が左手を摑んでくる。

「向井、その言葉の意味をもう少し具体的に教えてくれ」

「僕にも教えてください。わかりやすく、丁寧に──僕はあなたに従います」

従順な犬を気取った宮乃と伊織がそろって微笑む。その口の端に頑丈な犬歯を見つけて、

向井はますます熱くなっていく身体を彼らにもたせかけた。

「久しぶりだから、感じすぎてるんですね。……可愛いな、向井さん、下着がもうぐしょぐしょだ」

「……だめ、だ、伊織……っ……そこ、触ったら……」

囁く伊織の膝の上に跨がり、向井は吐息を漏らした。

「宮乃さんにも見せてあげましょうよ。あなたがどれだけ感じているか」

「え……？　あ、っ、……あぁ……っ」

待て、と言う前に身体をひっくり返された。

伊織に背中をもたせかけた格好の向井は、シャツを引き出されてスラックスの前を大きく割られ、勃起したペニスを骨張った手で扱かれる心地好さに喘ぎながらも、羞恥心が殺せず、ぎりりと歯を強く噛み締める。

「車の……中、なのに……」

はしたない姿がバックミラーにも映ったのだろう。愛車であるベンツのマイバッハ・ランドレーを運転する宮乃が満足そうに笑う。

ホテルを出て、宮乃の愛車に乗ったときから、ふたりは完璧な共犯者となった。

家についてから、と頼んだのに後部座席のリクライニングシートに引っ張り込まれ、服の上から淫猥にまさぐられた。車窓はカーテンが引かれていたので、向井のあられもない格好を人目にさらすことは阻めたが、「全部撮っているからな」という宮乃の一言でこころを支える強い軸にひびが入りそうだった。

剝き出しにされたペニスをぐちゅぐちゅと扱かれ、たまらずに先端の割れ目に溜まった愛液が漏れてしまう。

「汚すから、……だめだ……」

「構わないさ。もっと向井の匂いを染み込ませてくれ」

「じゃあ、ここで射精しましょうか、向井さん？」

「いや……、いやだ、ここじゃ……っ……」

懸命に頼み込む向井を乗せて、車は西麻布の宮乃のマンションへと向かう。

誰の目にも留まることなく、プライベートな道路から住居へと乗り込む間、伊織の手と宮乃の視線に翻弄され続けた向井は、この先の展開をちらりと想像して少し怖くなる。

三人で秘密を分け合うのは、あの北側のベッドルームだろう。向井の痴態を焼きつけた宮乃の秘密の部屋には、キングサイズのベッドがある。

あそこなら、大の男三人でどうなろうとも余裕があるし、完全に秘密が保たれる。宮乃も伊織も力尽きることを知らないから、何度でも挑んでくるだろうと考えると、頭の芯が蕩けて痺れてしまう。

ガレージのシャッターをリモコンで開いた宮乃が後部座席でぐったりしている向井を抱き上げた。先に伊織が室内に入っていく。

つかの間ふたりきりになった宮乃が愛おしそうに頬擦りしてくる。

「……俺を捨てなかったんだな、向井」

切実な声が胸を衝《つ》いた。

「捨てるなんて……できるわけないだろう」

男なのに、ひと回り逞しい宮乃に抱き上げられていることに顔を赤くし、瞼を伏せると、宮乃がふと顔を寄せてきた。

ふっくらとしたくちびるが重なり、優しく呼気を奪う。

「……っ、……ミヤ……」

宮乃からのくちづけは以前よりもずっと甘くて、重みがあった。

「……おまえがこんなの、してくれるって、……めずらしいな」

「そうだったか?」

すまなそうに言う宮乃が再びキスしてくる。くちびるが重なるだけでも十分気持ちいい。

「おまえに俺を覚えさせたい一心で、大事なステップを省いていたかもしれないな。愛してるんだ、向井——俺にとっては、ずっと、おまえだけだった」

少し強めに吸われると背筋がぞくんとたわむほどの快感がこみ上げてくる。

——伊織とは全然違う。

若さと新鮮さに満ちあふれた伊織のスリルあるキスとは違い、ひととして、役者としても場数を踏んできた宮乃のキスはこころが落ち着く。

かならずこの先、もっと深い快感が待っているはずだと予感させてくれる大人の男らしいキスに、向井は夢中になった。

舌先を意地悪く吸われて身悶えると、肉厚の舌がぐっと潜り込んできて口内を犯す。とろみのある唾液とともに舌をうずうずと擦り合わせる濃密なキスを受け止めながら、寝室へと運ばれた。

室内は薄暗いが、ちいさなランプがあちこちで灯っている。

ベッドに落とされても向井は宮乃が与えてくれる愛情深いキスに溺れていたが、ベッドの片側がギシリと沈んだことに息を呑んだ。

「愛し合いたい気持ちはわかりますけどね。僕を無視しないでください」

ひと足先に寝室に入り、灯りを調整していたらしい伊織が身体を擦りつけてきた。

「伊織……」

「あなたは僕と宮乃さんふたりを同時に選んだ。向井さんは優しいから……どっちも捨てられなかったんでしょう？　だったら、僕らは全力でその想いに応えなければいけない。……ねえ、宮乃さん？」

「ああ。必要なものはそろってる」

「必要な、もの……？」

「向井さんが方向性の異なる僕らを選んだ結末がどうなるのか。教えてあげます、この身体に直接。僕も宮乃さんも、あなたに忠実な犬になります。でも、注意がひとつ」

危うい煌《きら》めきを目端に浮かべた伊織がじゃらりと金属の鎖を手繰り寄せ、先端についた革のベルトを見せつける。

黒のベルトには留め具がついていて、まるで本物の犬につけるのと変わりない。長い鎖の先は壁に取りつけられた金具にしっかりと固定されていた。

向井の首にするっとベルトを巻きつけ、留め具をはめる伊織の瞳が楽しげに輝いていた。

「……ッ……なにを……！」

「飼い犬だからといって、絶対に咬まないわけじゃない。愛おしい主人だからこそ、咬み痕を残したいという気持ちをあなたにわかってほしい」

ぐっと鎖が後方に引き上げられ、向井は嫌でも起き上がらねばならず、ふらつきながら膝立ちになった。

背後に宮乃が回り、獰猛に向井の舌を吸いながらシャツをはだけていく。

素早く衣服を脱ぎ落とした伊織が正面に座り、艶めかしく勃起した己を見せつけながら向井の性器とまとめて擦り合わせる。

伊織のものもとっくに先走りが溢れていた。

ぬるっ、ぬるっ、と過敏な皮膚が擦れる鋭利な快感に、向井は背中をのけぞらせた。あまりに強く身体がしなったものだから、首輪がぎゅっと締まり、視界が薄い赤に染まった。

「……あぁ……っ」

宮乃の長い指に胸の肉芽を捕らえられ、こりこりと揉み潰されるたびにそこに淫らな芯が生まれる。男の愛撫をもっと欲しがって、乳首がピンと上向きに膨らむ。

「ミヤ……ぁっ……」

乳首の根元をこよりのようにくりくりと転がされる痛みと悦び、そしてそんなところで感じてしまうようになった身体の変化を恥じて、声が嗄《か》れてしまう。

宮乃が脇から乳首に吸いついてきた。ちゅ、ちゅ、ときつく吸い、味わうようにじっくりと舐め、執拗にしゃぶってくる宮乃らしい愛撫に全身が汗ばみ、膝ががくがく震える。

「いってもいいですよ、向井さん。うしろに挿れる前に何度でもいかせてあげます」

「あ、……あ、……っぅ……」

性器を巧みに扱かれて達しそうだが、なんとか堪えたい。自分ひとりが昂ぶらされるのがどうしようもなく恥ずかしい。

耐えている向井に焦れたのか、伊織がベッドの脇に手を伸ばす。

薄暗がりでよく見えないと目を眇《すが》めていると、伊織の手から宮乃の手になにかが渡り、「なんだ」と聞く前にアナルを指で大きく拡げられ、ゼリーのようなものを襞に塗りたくられた。

「な……っ……！」

「潤滑剤だ」

宮乃の太い指を久々に内側で感じて肉襞が浅ましくひくつく。

丹念に潤滑剤を塗り込めていく宮乃の指にもっと深く挿ってほしくて、向井は無意識に腰を振った。

「……う、……っく……」

硬く、ひんやりしたものがずぶっと挿ってくる衝撃に向井は驚き、本気で抗った。

「……な、んだ、これ、……っ……」

「男の形をしたディルドーだ。これでもいちばんちいさいサイズにしたんだ。……ああでも、向井にはやっぱりきつそうだな。エラを咥え込んだだけで、孔がぎちぎちに拡がってる」

「……抜け、……抜いてくれ、なんで、こんなもの……！」

「あなたの本心をはっきりと知りたいからですよ、向井さん。ディルドーだけでいってしまう淫らな向井さんも見てみたいけど、本音はやっぱり僕か宮乃さんを選んでほしい。生身の人間に犯されたいって、男のナマの性器じゃないといけないってよがる向井さんが見たい」

熱っぽく言う伊織が一層ずるく腰を突き出してくることで、互いの性器がしなり、擦れ合って、たまらずに向井は吐精してしまった。

「……ふふっ、やっぱり濃いんだな、向井さんの」

「あっ……あっ……あぁっ……離せ……！」

びゅくっと跳ね飛ぶ快感の印が、伊織の顔を汚す。己の欲望で美しく若い男を汚すのが嫌で腰を引いたのに、逆に強く摑まれた。

「まだ残ってるでしょう……？」

「う……」

残滓を舐め取るために、伊織が向井の性器を咥え込む。熱く濡れた舌先で尿道を抉られ、疼痛《とうつう》を超えた官能に、何度も何度も声を上げた。割れ目も、草むらも、蜜を放ったばかりの陰嚢も舐められて、腰から下が溶け崩れそうなほど、甘美で残酷な責めに啜り泣いた。

伊織の長い舌が、ディルドーを半分ほど飲み込んだアナルに届きそうになると、知らずと全身が熱くなり、うねってしまう。

「あぁ……っだめだ、……頼む、から……」

「なにがだめなんですか。なにを僕らに頼みたいんですか？」

「これ、……抜いて、くれ……いやなんだ、これじゃ……」

「ディルドーのことか」

宮乃が低く笑いながらずくんとディルドーを押し込んできた。

ああ、と非難めいた喘ぎを漏らしたが、それでも全部は飲みきってないらしい。

自分の身体が欲深なのか、ディルドーの長さが異常なのかわからないが、無機質なものをはめ込まれてよがるなんて無理だ。

汗だくで「抜いてくれ」と頼むと、宮乃と伊織がそろって正面に回り、とん、と軽く向井の胸を押した。

ほんとうに軽い衝撃だったのにあえなくベッドに倒れ込んだ向井は、両脚を左右に割られ、ディルドーを深々と咥え込む秘部をふたりの男の目にさらしてしまう。

「や……やめ……っ」

「嫌がっているわりには、向井さんのここ、ほころんでますよ。ぐずぐずだ」

「っ、指で、なぞる、な、……あ——……ぅ……ん……ん……っ」

「また勃起してきたな、向井。そろそろ我慢できないだろう？　これが欲しいなら、自分でディルドーを抜いてみせてくれ。向井ならできるだろう？」

裸になった宮乃が逞しくそそり勃つ性器を根元から扱き上げる。濃密な雄の匂いに意識が朦朧《もうろう》としていく。

臍につくぐらい隆とした宮乃の男根は太い血管がくっきりと浮き出している。あれで思いきり尻の中を擦られたら……と思うと狂おしい情欲に飲み込まれそうだ。

「できるだけいやらしく抜いてくれ。向井の孔の中が蕩けているのがカメラに映るぐらいに」

今夜の密会も、やはり撮られているらしい。ここは宮乃の寝室だから、さまざまな場所に隠しカメラが仕掛けてあるのだろう。

どう抵抗しても、愛撫で育った乳首や濡れた性器、ディルドーに犯されている窄まりも、感じてしまう顔も隠せそうにない。

「できな……い、そんな……許してくれ……」

「向井さんだったらしてくれますよね。だって、……欲しいんですもんね？」

「う、……ん、う……」

伊織に乳首を弄られると、抗うこころが少しずつ薄くなっていく。宮乃の凶器のような性器を見ていると、また身体の中に蜜が溜まってしまい、口もうまく閉じられない。

汗ばんだ手を両脚の間に割り込ませ、ぐっぷりと突き刺さったディルドーの先端を摑んだ。宮乃と伊織の視線が突き刺さる。せめて顔を隠したいのだが、重みがあるディルドーを片手で抜くのは厳しい。

両手で握り、少しずつ、少しずつ、慎重に抜いていく。

——蕩けそうだ。

ふたりの男に視姦《しかん》され、早く抜かなければと焦るのだが、男の味を久しぶりに知ったアナルは淫蕩にディルドーに絡みついてしまい、くちゅり、とひそやかな音とともに快感を伝えてくる。

「ディルドーが気に入ったか？　だったら、今度は俺のサイズのものを用意してやる」

「ぅ……っく……」

「コックリングもね。ペニスだけじゃなくて、陰嚢も締めつけるうえにバイブする特注品をあなたにはめて、芝居の稽古に立ち会ってもらいましょう。淫らなペニスを勃起させて我慢する向井さんの顔を見たら、リモコンでバイブレーションのスイッチを入れてあげます。男ならわかると思うけど……ここ、すごく敏感だから」

伊織が笑いながら陰嚢を軽く引っ掻く。その気持ちよさに身体が跳ね、ディルドーを摑んだ手に力がこもる。このまま前後に強く突き動かしたい衝動に駆られるが、宮乃と伊織を前にしてそんな卑猥な真似はできない。

手のひらが汗でぬるぬるする。何度も手が滑ってうまく抜けなかったが、硬いエラがずるっと孔の縁を嬲りながらなんとか出ていった。

「……は……ぁっ……ぁっ……」

もう、声が震えていた。

抜け落ちたディルドーを宮乃が見せつけてくる。

「こんなに細いものでよがってたんだぞ？　……くそっ、駄目だ、おまえを見ていると正気じゃいられなくなる」

正面からがっしりと腰を摑んでくる宮乃が、向井のアナルに押し当てた亀頭で愛撫するように二度、三度そこを柔らかにこね回したあと、ズクン、と一気に貫いてきた。

「……んん、……っ……！」

「向井……」

「……っぁ……――ミヤ、……大きすぎる……っ……」

「でも、嫌いじゃないだろう？」

「ん……ぁ……あぁ……嫌い、じゃない……」

「俺が好きか？」

「……っんは……ぁ……好き、だ……」

最初から大きく腰を使ってくる宮乃の滾った雄は向井の尻にずっぷりと根元まではまり込み、柔らかでしっとりと潤む場所を存分に突き上げてくる。

しこった陰囊がぶつかるほどの快感が全身を覆い尽くして、単なる射精とは違う、じわじわと湿った絶頂感を呼ぶ。

大きくエラが拡がる亀頭で執拗に、疼いてしょうがない前立腺を擦ってもらえる悦びに、とうとう向井は泣き声を上げた。

宮乃が出し挿れするたび尻の中がむずむずする。甘い疼痛と妖《あや》しい疼きに襲われた襞が開いたり閉じたりし、ずしりと重たいナマの肉竿を包み込んでいく。

これが、ずっと欲しかった。

「……気持ちいいか、向井？」

「いい……中、ミヤので、いっぱいだ……」

「宮乃さんばかりずるいな。向井さん、ほら、こっち向いて」

「……そんな……」

宮乃を咥え込んだまま四つん這いにさせられ、伊織の肉柱が眼前に突きつけられる。

「しゃぶってください。さっきからずっと咥えたそうな顔してましたもんね？」

「ッ……う……、……ん……ふ……」

美しい顔と引き締まった肢体を誇る伊織の性器はもう何度も目にしているけれど、薄い草むらから極端に反り返っているのを見ると、どうしようもなく頭が熱くなる。

男にしては肌が白いせいか、充血した欲望の印が目立つのだ。

獣のごとき宮乃の極太の性器で貫かれるのもたまらないが、セックスとは無縁といった涼しい顔の伊織の生々しいペニスの先端からトロッと先走りが垂れ落ちるのを見た瞬間、舌を突き出していた。

「僕のものはどうですか？　どんな味がする？」

「……んっ……濃くて、美味しい……」

長細い性器をくちびるで食んだり、舐めたりする向井の頭を摑み、伊織が腰を突き入れてきた。舐めても舐めても溢れる先走りの若い味をもっと確実なものにしたくて、懸命に奉仕した。

涙が滲む視界に、痴態の数々を切り取った壁いっぱいの写真が映る。

苦しげに、気持ちよさそうによがり狂うあの写真の自分より、いまここにいる宮乃と伊織と自分が一番淫らだ。

じゅぽっ、と舐る音が響くとアナルも自然と締めつけてしまい、宮乃の素晴らしく太くて硬い雄の形を、蕩けた襞が追いすがるようになぞっていく。

「……ッ……出すぞ、向井」

「ん、――ん、……ッ……!」

それまでよりもさらに激しくピストンしてきた宮乃の亀頭が最奥にあたり、ぐうっと大きく膨らむ。射精の合図だ。どぷっ、どぷっ、と濃い精液が撃ち込まれながら尻を摑まれると、きつく締まった中が悩ましく濡れていき、深奥がいやらしく潤う。

意識が真っ白になるような絶頂感に身体をよじらせると、喉を絞める首輪から繫がる鎖がピンと突っ張って苦しい。

「……っは……っ……向井を孕ませそうだ」

惜しむようにまだ灼熱の性器を何度も挿入してくる宮乃の息が荒い。

「今度は僕が。ナマで挿れるのは初めてですね」

「いつもどおりゴムをつければいいだろ。向井は俺の精液だけ覚えていればいい」

「そういうわけにもいきません。僕も向井さんを孕ませてやりたい……男ふたりぶんの精液を飲み込んで、どんなにきつくお尻を窄めても、だらだら零してしまうあなたが見たい」

宮乃と入れ代わりに、今度は伊織が挿ってきた。亀頭がとろとろになるほど先走りが溢れていて、熱い。

向井を膝に抱き上げて跨がらせ、尻を押し開いて慎重に貫いてくる。

宮乃の行為ですっかり柔らかくなったアナルのいやらしい弾力を愉しむように、先端だけ挿れて浅く抜き、今度はもう少し深く、ぎゅうっとねじ込んでくる。

宮乃に激しく貪られたあとだけに、粘膜が微弱にひくつき、浅くしか抉ってくれない肉棒を誘い込むように収縮してしまう。

「……待て、よ……伊織、そんな、すぐには……」

「大丈夫。向井さんの中……、すごく、いい……蕩けそうだ」

陶然となった伊織のナマの肉柱が放つ熱に、向井も興奮し、腰を揺らしてしまう。

宮乃にしろ、伊織にしろ、危険なまでの雄の匂いをまき散らし、獲物である向井を繰り返し襲い、咀嚼する。

表に出たら誰もが目を留める麗しくも男らしいふたりの欲望に満ちた顔を見るのは、自分だけだと思うと、誇らしいような、怖いような気持ちだ。

たぶん、向井が誰よりも強い芯を持っているから、宮乃も伊織も目の色を変えて手を出してくるのだろう。ぎりぎりまで羞恥心と矜恃《きょうじ》を捨てない向井を崩したくて、だけど崩せない、崩したくないとわかっているからこそ、ありとあらゆる手段を講じる——ということを向井が冷静に理解できていたら、この展開はもう少し爛れたものになっていたかもしれない。

宮乃が首輪を外してくれたことで四肢が自由になった。

だが、腰から下は伊織に貫かれたままだし、まだ欲望が抑えきれない宮乃が脇に来て、過敏に膨らみきった向井の乳首を潰さんばかりに揉み込み始めた。

痛みに呻いたが、太い指が離れると、じわんと胸の先から妖しく甘い疼きが立ち上り、肉芽がもっとそそり勃ってしまう。

ずぶずぶと深く埋め、宮乃とはまた違うところを擦って圧迫していく伊織の楔が内部でさらに硬くなる。

「……っひ……ぁ……ッ……」

「揉んでほしいんですか？　おっぱいを吸ってほしい？」

胸を引っ掻き、意地悪く突きながら伊織が言う。

宮乃が肉芽を親指で押し上げて、胸筋を強く撫で回してくる。胸全体がふっくらと盛り上がるんじゃないかと錯覚を覚えるほどだ。

男の両手で、丹念に、執拗に愛された胸はもはや性感帯のひとつで、色濃く熟れてたわわに育っていく。

「ほら、向井さん、はっきり言わないと。宮乃さんにお仕置きされますよ」

「う……ぅ……」

「向井、言えよ。どうしてほしいんだ。素直に言わないなら——ここに、リングピアスをしてやる」

ここ、というのは胸ではなく、伊織と繋がっていることでぎりぎりまで拡がったアナルとペニスの間、いわゆる蟻《あり》の門渡りだ。

すべすべしたそこを、そろっと宮乃に親指でなぞられると、全身が痙攣《けいれん》するような凄まじい快感が襲ってきた。

「あ、ッア、あ、あ!」

繊細で陰毛も薄いその場所にピアスなんかされたら気が狂う。

ぴたりとあてがわれた宮乃の指から伝わるじんわりとした熱がむず痒くて、心地好くて、じっとしていられないほどの陶酔を掻き立てる。胸やアナルもそうだが、そんなところまで触られるとは思っていなかったから予想以上の反応を示してしまう。ツツッと筋を引っ掻かれるのが漏らしてしまいそうなほどに気持ちよかった。

何度も何度も息を吸い込み、気をそらそうとしたけれど、乳首を愛撫してほしいという願いが抑えきれない。

「……舐めて……ほしい……」

低く飢えた声で必死に頼んだ。

「なにを?」

「……胸、舐めて、くれ……」

「強情だな、向井さん。おっぱいを吸ってって言わないんだ? でも、そこがあなたのいいところですよね。どんなに乱れても、崩れない芯があなたにはある」

宮乃が胸に吸いついてきて、口の中で尖りを淫猥に転がす。

「あぁ……ッ……いい……ミヤ……もっと……」

独特の舌遣いに恍惚《こうこつ》としてしまう。その間も、宮乃は向井の尻の奥をまさぐっていた。

「ここにピアスをしたら下着なんかとても穿けないぞ。敏感な場所がひりひり擦れて、いつでも勃起して濡らした状態になる」

「向井さんの性器か内腿に隠し彫りをするのもいいかもしれませんね。僕らと交わるときだけにわかるような場所に……僕らが挿れないといけない身体にしたい」

そろいもそろって嗜虐《しぎゃく》的な性癖がある男に責め抜かれ、もう何度めかわからない絶頂に声を嗄らすと、伊織も下から思いきり突いてきた。

残酷なまでに長く、硬く、強靭《きょうじん》な肉棒に深々と犯され、深奥の潤みを掻き混ぜられる。

騎乗位で揺さぶられると、腹の底にずんと響く。

「……いい……奥、あたる……ぁ……ぁ……伊織……もっと、奥、に来て、ほしい」

「もちろん。僕はあなたのものだから」

笑う伊織が尻たぶを摑んできて、ねじり挿れてくる。

艶めかしい結合を深めるやり方がたまらなくいい。

底の見えない愉悦に、向井自身からも陰部を擦りつけるようにして伊織を根元まで味わった。待ちきれないのか、宮乃が顎を摑んできて舌にしゃぶりついてきた。

口も性器も塞がれて、身体中で快感が暴れ回る。さっきからずっといきっぱなしだ。

「……い、く……っ……」

「……ああ……向井さん、僕の、飲み込んでくださいね」

伊織が歯を食いしばり、悩ましくわななく孔を犯すためにさらに激しく突いてきて、限界まで溜め込んだ欲望をどくどくっと放ち始めた。

「あっ、あ、……ぁ……」

宮乃よりもっとおびただしい精液で濡らされて、涙で霞む目を瞠った。若い男の精液は、優しい態度とは裏腹に獰猛に向井の中を熱く満たしていく。

「……ふたりぶんは、さすがに多かったかな。僕もずっと我慢していたし。向井さんのアナルが緩んで精液をトロトロ零してる……もっと出したい、もっとあなたの中に出したい」

「伊織……」

抱きついてくる伊織に顔中くちづけられた。反対側から宮乃が頬擦りしてきて、尖りきった乳首を淫らに撫で回す。

「風呂に入れてやろう。おまえの中を一旦綺麗にしてから、もう一度抱きたい」

「中に溜めたままじゃ感覚が鈍りますもんね」

共犯者めいた視線を交わす宮乃と伊織にいまさら背筋が震えるが、彼らの放ったものが中で混ざり合い、トロリと内腿を濡らして伝い落ちていく厭《いと》わしくも甘美な感触に、向井はかすかな息を漏らした。

「全部指で丁寧に掻き出してやるさ。大切にするから心配するな。おまえの感じるところを全部舐めて、全部弄って、『欲しい』ってねだってくれるまでしてやる。おまえを愛してるんだ、向井」

「僕も、あなただけを愛しています。向井さん、あなたの手のひらで踊ってもいいと思うほどにね」

屈強で、しなやかで、狂おしい快感は誰にも制御できない。

手足を取られて風呂に入れてもらい、すべて綺麗になっても、身体に残された咬み痕や熱は夜ごと向井を悩ませるだろう。

どんなふうに彼らが刻んできたか、食い込んできたか。それらをひとつひとつ丁寧に思い出すのは屈辱だが、場面を作り、台詞にし、板に乗った宮乃と伊織に語らせてやる。

それぞれの台詞に命を吹き込んだとき、彼らもひそかに熱くなればいい。

これは芝居でほんとうのことじゃない、虚構の世界で、幕が下りれば本来の自分に戻れるという思い込みを叩き壊してやる。

——俺の中から生まれる言葉を口にしたとき、宮乃も、伊織も手遅れだ。まるで効き目のいい毒を喰らったみたいに、虚飾と現実の境目がつかなくなる。芝居を書く俺自身、きっとそうだ。板の上の彼らがどこまで真実に近づくのか、見分けられなくなるときがきっと来る。いずれ来る破滅を恐れているのだろうかと内心問いかけたが、宮乃と伊織が微笑みながら、甘くくちづけてきたことで胸が弾む。

それで、ようやくわかった。

不安定なバランスで続けていくだろうこの関係、そして頻々に起こるだろう衝突やアクシデントを待ち望み、焦がれていることを。

誰がいちばんたちが悪いのかなどと問うのは愚問だ。

空になったプールはいま、満たされきっているのに渇望し、さざ波が起きただけで溢れ出しそうだ。

翌年の三月、芝居は無事に幕を開けた。

初日や二日めまでは、いまをときめく宮乃亘と伊織柳のふたり芝居ということで女性ファンが大勢つめかけていたが、三日めあたりから異変が生じた。

ネット上で、芝居を観たひとびとがいっせいに感想を交換し始めた。しかし、肝心の内容に触れることはなかった。

『絶対にラストは明かしちゃダメ！』

『毎日、少しずつラストが変わってるらしいんだよ』

そんな噂や書き込みに煽られた芝居好きも、足を運んでくれるようになった。

『宮乃さんと伊織さんが役を替わる日もあったよ。ダブルキャスト、よかったなぁ』

『今日の宮乃さん、すっごい怖かった。恋愛ドラマのイメージと全然違うよね』

『格好よかったよ宮乃。あんなダークな役がはまると思わなかった。演技うまいよな』

熱狂的になっていく書き込みはさらに話題を呼び、立ち見客まで出るようになった。

『伊織くん、めちゃくちゃ綺麗だよね。宮乃さんと向き合っても堂々としてて惚れる』

『あんなにいい男なのに、『寂しい』って本気で泣き出す場面には、こっちまで泣けたよ』

日ごと過熱していく芝居はテレビや週刊誌でも取り上げられ、劇場側は急遽《きゅうきょ》、内部で話し合い、追加公演を決めた。チケットは瞬殺だった。

『当日券を狙って朝から並んでみる！　伊織くんの悪役が見てみたいよ』

『俺も同じく当日組。昨日は爽やかな宮乃だったらしいけど、ラストがすごかったってね』

『楽日まであっという間だな。こんなにおもしろいならもっとチケット取ればよかった』

中日を過ぎ、映像化はどうかとテレビ局が来たので内部で話し合ったが、役者の息遣いを直接伝えたいから、ということで却下した。ただ、再演はしてみたいという話にはなった。

そして芝居は進む。毎回同じ結末を迎えるはずの物語は日々、少しずつひねりが加えられ、そのつど観客をあっと言わせた。

いまどきめずらしい、生きた芝居だと賞賛する者もいれば、穴のある脚本を毎日手直ししているだけじゃないかと揶揄《やゆ》も飛んだが、ぎっしりと埋まった劇場は連日大盛況で、観客はみな、宮乃と伊織の凄みある演技に固唾《かたず》を呑んだ。

自分の中に棲むもうひとりの自分を探し出す、というのが芝居のあらすじだ。

善悪を宮乃と伊織が代わる代わる演じ、苦悩し、ときには希望を見い出す。

迫真の演技に観客が涙する回もあれば、絶句するほどの恐怖感に襲われる回もある。思わず笑い出してしまう回もあった。ほんのりとした嬉しさに包まれる回もあった。

葛藤を繰り返し、自分の中の自分を掘り下げていく。そこには笑いも涙もあれば、恐ろしさや嬉しさもあるという自然な感情に従い、宮乃と伊織はときおり役を替わり、日々書き足されていく台詞に精魂を懸けた。

反発しつつ、寄り添うひとつのこころを描いた芝居の行く先がどうなるのか。誰もが知りたがった。誰もが楽日を見たがり、ほんとうの結末がどうなるのかということをあれこれと噂し、推測し合うのを楽しんだ。

『……ラスト、どうなるんだろうね？』

『宮乃さんと伊織くん、善悪が理解し合ってハッピーになるっていうのがいいなぁ』

『ダークな宮乃と伊織で終わるのでもいい。胸倉を摑み合う喧嘩が格好よかったしさ』

『人格が分かれるっていうのもありだよね。もともと宮乃さんと伊織くんは違う人間だし』

『でも、やっぱり芝居らしい終わり方を求めたいっていうか……』

『これは虚構で現実とは違う、ってきっぱり線を引いてくれたら安心する？』

『今日好きな相手が明日には敵になるかも、ってのは現実も同じじゃん』

『だからこそ、芝居ではいい夢を見たいって思うんだよ』

『どんな終わり方でも、おもしろいなら納得するって』

ネットの掲示板や、ひとびとの口を辿ってさまざまな意見が交わされ、宮乃と伊織に寄せられる期待がピークに達する中、ついに芝居は楽日を迎えた。

その日、宮乃と伊織がそろって控え室に入ってきたので、向井は立ち上がり、それぞれに新しい台本を渡した。

毎日、台詞を追加したい、演技そのものを変えて観客の興味を最後まで惹きつけたいという向井の要求を、ふたりは見事に叶えてくれた。演出家もずいぶん苦心したようだが、おかげで最後まで話題性のある芝居になったと喜んでくれていた。

中日で一日休んだけれど、追加公演もあったから、宮乃も伊織も体力、気力ともに限界が来ているはずだ。

だが、それをまったく顔に出さないどころか、こころからこの芝居を楽しんでいる熱っぽさが伝わってくる。

役者が真からのめり込んでこそ、ほんとうにいい芝居だと言える。

「最後の台本だ」

追加された台詞をチェックするために、宮乃と伊織は立ったまま台本をめくり出す。

幕が上がる毎日は、彼らの手で、くちびるで愛され続けた日々でもあった。芝居中は同じホテルに寝泊まりし、宮乃も伊織も互いの目を盗んで少しでも向井に触れたがり、あまつさえ身体を繋げることまでしてきた。ベストコンディションを維持するために早く寝ろと怒ったけれども、タフな宮乃と伊織に思う存分貪られた。

昨日は風呂に入っている最中に宮乃と。

今朝は起き抜けのベッドに伊織が忍び込んできた。

不埒な場面を頭の中からなんとか追い出し、宮乃と伊織に視線を向けると、彼らもひどく驚いた目をしていた。

そんな顔が見たかった。だから、この脚本を書いたのだ。

「……これを、俺に言えというのか？」

「向井さん、本気ですか」

「本気だ。お互いに、追加した台詞はたったひと言だろう。それに、演出もそう派手にはしない」

「だからって、なんで僕と宮乃さんが抱き合うんですか。あとは各自思うとおりに、とも書いてありますが、いくら芝居だからってここまでやるのはどうなんですか。僕と宮乃さんがあなたを取り合っていること、わからないわけじゃないでしょう？　僕らを親密にさせたいとか、まだ馬鹿なことを考えてるんですか？」

「いや。違う」

声を荒らげる伊織の隣で、宮乃はじっと考え込んでいる。彼の当惑した顔を見るのもめずらしいことだ。

「だったら、どういうことだ。同性のスキャンダラスな抱擁シーンで観客の度胆を抜くつもりか？」

「──宮乃は昨日、俺にキスしたよな。伊織は、今朝」

「キスシーンまで僕らに演じろと？　ここに来て意趣返しですか」

「違う、そうじゃない」

苦笑いして、向井は彼らに近づき、意を決してくちづけた。

宮乃に、そして伊織に、甘く、真面目で、狂おしいキスをひとつずつ残した。

不意打ちのキスに、彼らは茫然としている。

「意趣返しなんてしない。俺は、宮乃と伊織を選んだ日から、どうしてもこの最後を叶えたかった。おまえたちふたりが板の上で抱き合ったら大騒ぎになるだろうな。キスシーンを演じてほしいとまでは言わないし、一部の客には毒としか映らないだろうが……熱くしてほしいんだ。酔わせてほしい。このことしか考えられなくなるぐらいに、虜にしてほしいんだ」

彼らに手を取られて深い淵に引きずり込まれた日から、なにもかもが少しずつ変わっていった。

ただ嘆くだけというのは絶対に嫌だった。

特殊な三人の関係を秘密にしなければと自制するかたわら、すべてを暴露し、最後には溶け合ってしまいたいという破滅的な衝動にも駆られていた。

——誰にも知られたくない。でも、そっと打ち明けてみたい気もする。彼らふたりに愛されて、どこまでも求められる俺は蔑《さげす》まれるのか、羨まれるのか。

不意に、宮乃が可笑しそうに笑った。

「わかった。俺はおまえに殉じるよ」

伊織はまだむっとしていたが、向井と宮乃の視線を感じてか、「……仕方ないな」と肩を竦め、危うい煌めきを浮かべた瞳で甘く笑う。

「翻弄してやります。ここにいる全員を道連れにしてやる。——向井さん、あなたはそのあとに。打ち上げのあとどうなるか、覚えていてくださいよ」

「とりあえず、芝居だ。もう時間がない」

「ふたりとも台詞は覚えたか」

念を押すと、宮乃と伊織が破顔一笑し、息が止まるぐらいに向井を抱き締めてきた。

「愛してる、おまえだけを」

「愛してます、あなただけを。——これが最後の台詞ですよね？　観客は、お互いを肯定する台詞と捉えるだろうけど、僕はあなたにしか言わない。宮乃さんもそうでしょう？　僕らはそもそも違う人間だ」

「聞くまでもないな」

「……ああ、そうだ。『愛している』と、舞台の裾でおまえたちを見守る俺に言ってくれ」

「脚本以上の力を出してやる」

「真実は、あなただけが知っていればいい」

逞しい腕の中で、甘く、強くくちづけられ、息が上がっていく向井の背中のずっと向こうでは、思わぬ結末を待ち望む観客が胸を高鳴らせながら席につき始めている。

あとがき

こんにちは、または初めまして、秀　香穂里です。

シャレードさんから初めての文庫を出していただけることになり、とても嬉しく思うのと同時に、緊張しています。

執筆のお話は結構前にいただいていたので、なにを書こうか、ずっと考えていました。大人が出てきて、個人的に好きな芸能界が舞台で、三人以上が絡む話が書きたく……四人以上のパーッと派手な乱交にするか、三人以下で粘着的に主権を取り合う話にするかどうか、担当さんともいろいろ話し合い、このようになりました。

誰と誰がどう絡むのか、想像しているだけでもとても楽しかったです。読んでくださる方にもこの萌えが伝わればよいのですが……！

挿絵を手がけてくださった、兼守美行様。ご一緒できてほんとう嬉しかったです。三人の危うくも艶っぽい関係が伝わるカバーイラストはもちろんのこと、圧倒されるほどの絡み絵はどれも眼福でした。美しい伊織と向井、骨っぽい宮乃と向井が互いに愛する場面と、三人の場面が放つ熱量はそれぞれ異なっていて、ただただ感謝のため息です。お忙しいなか、ご尽力くださったことにこころから感謝申し上げます。

担当様にも大変お世話になりました。ご面倒をおかけして申し訳ない限りですが、大好きな3Pを書かせてもらえて嬉しいです。

そして、この本を手に取ってくださった方へ。複数で取り合う濃い恋愛、いいですよね。あとあと、久しぶりに大人のお道具が書けて楽しかったです。これだけ書いておきながら、もっといろんな道具で向井を責めたかった……と思うところが、なんというか、自分でも懲りないなと思います。少しでも楽しんでいただけたら幸いです。

またどこかで元気にお会いできますように。

秀　香穂里

本作品は書き下ろしです

秀香穂里先生、兼守美行先生へのお便り、
本作品に関するご意見、ご感想などは
〒101-8405
東京都千代田区三崎町2-18-11
二見書房　シャレード文庫
「トリプルルーム」係まで。

CHARADE BUNKO

トリプルルーム

【著者】秀香穂里《しゅうかおり》

【発行所】株式会社二見書房
東京都千代田区三崎町2-18-11
電話　03(3515)2311［営業］
　　　03(3515)2314［編集］
振替　00170-4-2639
【印刷】株式会社堀内印刷所
【製本】ナショナル製本協同組合

落丁・乱丁本はお取り替えいたします。
定価は、カバーに表示してあります。

ISBN978-4-576-13139-9

http://charade.futami.co.jp/